The Hound
of the Baskervilles

巴斯克维尔的猎犬
The Hound
of the Baskervilles

Arthur Conan Doyle

〔英〕阿瑟·柯南·道尔 著 施佳能 译

上海译文出版社

Arthur Conan Doyle
The Hound of the Baskervilles
First Published 1902
由上海译文出版社有限公司与企鹅兰登(北京)文化发展有限公司联合出品
Simplified Chinese edition by Shanghai Translation Publishing House in association with Penguin Random House (Beijing) Culture Development Co., Ltd.
Cover design Coralie Bickford-Smith
Illustration copyright Despotica

"企鹅"及相关标识是企鹅图书有限公司已经注册或尚未注册的商标。
未经允许,不得擅用。
封底凡无企鹅防伪标识者均属未经授权之非法版本。

图书在版编目(CIP)数据

巴斯克维尔的猎犬 /(英) 阿瑟·柯南·道尔
(Arthur Conan Doyle) 著；施佳能译. -- 上海：上海
译文出版社, 2024. 10. --（企鹅布纹经典）. -- ISBN
978-7-5327-9517-8
Ⅰ. I561.45
中国国家版本馆 CIP 数据核字第 2024M5E087 号

巴斯克维尔的猎犬
[英] 阿瑟·柯南·道尔/著　施佳能/译
总策划/冯　涛　责任编辑/宋　金　美术编辑/张志全工作室
内文插图/Sidney Paget

上海译文出版社有限公司出版、发行
网址: www.yiwen.com.cn
201101　上海市闵行区号景路 159 弄 B 座
苏州市越洋印刷有限公司印刷

开本 850×1168　1/32　印张 8.75　插页 6　字数 110,000
2024 年 10 月第 1 版　2024 年 10 月第 1 次印刷
印数: 0,001—8,000 册

ISBN 978-7-5327-9517-8/I·5955
定价: 88.00 元

本书版权为本社独家所有,未经本社同意不得转载、摘编或复制
如有质量问题,请与承印厂质量科联系。T: 0512-68180628

目 录

第一章　夏洛克·福尔摩斯先生　　……　001

第二章　巴斯克维尔家族的祸害　　……　013

第三章　难题　　……　031

第四章　亨利·巴斯克维尔爵士　　……　047

第五章　三条断了的线索　　……　068

第六章　巴斯克维尔府　　……　085

第七章　美悦皮地府宅的斯特普尔顿家　　……　101

第八章　华生医生的第一份报告　　……　124

第九章　沼地上的亮光　　……　136

第十章　华生医生日记摘录　　……　164

第十一章　突岩上的人　　……　180

第十二章　沼地上的惨案　　……　200

第十三章　布网　　……　223

第十四章　巴斯克维尔的猎犬　　……　242

第十五章　回顾　　……　264

第一章
夏洛克·福尔摩斯先生

夏洛克·福尔摩斯先生整宿不睡的情况并不少见，除此以外，平日里早晨都起得很晚，这会儿才坐在桌前吃早餐。我站在壁炉前的地毯上，拿起头天晚上那位访客落下的手杖。这是一根做工考究的粗木棍，杖头呈球状，正是所谓的"山槟榔木笞杖"[①]。就在杖头下方，有一大块近一英寸宽的银箍，上面刻着："皇家外科医师学会会员詹姆斯·莫蒂默惠存，C. C. H. 诸友赠"，标有"1884"这一年份。这正是旧时的家庭医生常用的那种手杖——庄重气派，坚固结实，令人安心。

"怎么样，华生，瞧出什么名堂来了？"

福尔摩斯是背对我坐着的，我也没朝他弄出半点动静来。

"你怎么知道我在干什么？我看你是脑袋后面有双眼睛。"

"反正我前面倒是有只擦得锃亮的镀银咖啡壶。"他说，"你倒说来听听，华生，从我们这位访客的手杖上你瞧出什么来了？

既然很不凑巧，没见着他，也不知他所为何事，这件意外留下的纪念品便成了关键。这手杖你一番细看下来，怎么描绘此人，说给我听听。"

"依我看，"我说道，尽量照着我这位同伴的方法来推理，"莫蒂默医生的某些熟人送他这份礼物表示感谢，由此可以看出，他是位功成名就、已过中年的医生，而且深受敬重。"

"说得好！"福尔摩斯说，"好极了！"

"还有，依我看，他多半是个经常步行出诊的乡村医生。"

"何以见得？"

"你看这根手杖，原本虽然很精巧，但磕碰得也厉害，很难想象是城里的医生用成这样的。杖尾的厚铁包箍都磨平了，显然经常用来拄着走路。"

"完全说得通！"福尔摩斯说。

"再者，还有'C.C.H. 诸友'这几个字。我猜是某某狩猎团（Hunt）的缩写，他可能给当地狩猎团的成员们提供过外科上的援助，这个狩猎团就赠了件礼物给他聊表谢意。"

"说真的，华生，看不出来你有这么大能耐。"福尔摩斯把椅子往后推开，点了支烟，说道，"有一点我非说不可，你一片好

---

① 原文直译为"槟榔屿律师"（槟榔屿位于马来西亚，原为英国殖民地），一种以野生槟榔木制成的圆头手杖，也被殖民地宗主国居民当成圆头棒用作解决争端的武器，故戏称"律师"。

心，把我那些个不值一提的小成绩讲了一桩又一件，倒在这桩桩件件里习惯性地低估了你自己的能力。也许你自身并不会发光，但却是光的导体。有些人本身不具备天赋，却有启发他人天赋的非凡本领。我承认，亲爱的伙计，我欠你很大的人情呢。"

以前他可从没说过这样的话，我对他表达钦佩也好，辛辛苦苦宣传他的探案方法也罢，他都无动于衷，弄得我常常为此赌气；所以我必须承认，听到他讲这番话，我心里美滋滋的。想到我对他的推理方法掌握到了一定火候，运用起来都能赢得他的认可了，我还感到很自豪。这时，他从我手中把手杖拿了过去，用肉眼端详了几分钟，接着满脸兴致盎然地搁下手里的烟，把手杖拿到窗前，又用凸透镜仔细检查了一遍。

"虽说是小意思，倒也挺有意思。"他说着，坐回长沙发椅上他最爱的那个角落，"手杖上确实看得出一些名堂。根据手杖可以推断出几件事情。"

"还有什么我没看出来的吗？"我颇有些自负地问道，"我想我没忽略什么重要的地方吧？"

"我亲爱的华生，恐怕你得出的结论几乎都是错的。讲得直白点，我刚才说你启发了我，意思是我在注意到你的推理谬误时，有时候会被引导着走向真相。倒不是说你这回完全不对。此人确实是乡村医生，平时走的路也不少。"

"那我说对了呀。"

"又用凸透镜仔细检查了一遍"

"别的都不对。"

"可没别的了呀。"

"不，不对，我亲爱的华生，还有别的——别的还多着呢。举个例子，要我说，比起狩猎团，给医生赠礼物的更有可能是医院，要是在哪家医院（Hospital）的名字前面放上首字母'C. C.'，自然就让人联想到'查令十字'①（Charing Cross）这几个字。"

"也有可能是你说的这样。"

"很有可能是这样。如果暂且将此定为初步假设，就有了新的依据，可以在这个基础上开始勾画起这位未知的访客来。"

"好吧，就算'C. C. H.'确实是'查令十字医院'（Charing Cross Hospital）的缩写，那还能进一步推断出什么结论？"

"什么结论都想不到吗？你对我的推理方法很熟悉。用上去！"

"我能想到的只有显而易见的结论：这人去乡村之前在伦敦也行过医。"

"我倒觉得不妨推断得再大胆一点。我们从这个角度来看。在什么场合下，最有可能会这样正式地赠送礼物呢？在什么情况下，他的朋友们会合起来送他表达心意的信物呢？显然是在莫蒂默医生从医院离职，要自己去开业行医之时。既然知道有人曾正

---

① 伦敦威斯敏斯特市的一个交会路口，是伦敦的传统中心点，以其命名的有查令十字火车站和查令十字医院等。

式给他赠送礼物,又推测出他曾离开伦敦的医院,转而到乡下去开业行医——那么,说这礼物是在他职业生涯发生这一转变之际赠送的,这么推断不过分吧?"

"看来确实很有可能。"

"这么一来,就不难发现,他不会是这家医院正式雇用的主治或以上级别的医生,因为只有在伦敦有一定从业资历、已有名望的医生才有资格担任这样的职位,而这种级别的医生不会随随便便混到乡下去。那他算哪种身份呢?既然他在医院工作,又不是正式雇用的医生,那就只能是外科或内科住院医师——级别跟高年级的医学生差不多。还有,他离开医院才五年——年份在手杖上标着呢。所以,你口中那位严肃的中年家庭医生消失得无影无踪,我亲爱的华生,浮现出一个三十岁不到的小伙子;他亲切随和,胸无大志,总是心不在焉,还养了一条心爱的狗,我估摸着比狸①大,比獒小。"

夏洛克·福尔摩斯往沙发椅背上一靠,嘴里吐出的一个个小烟圈颤动着朝天花板上飘去,而我则满腹狐疑地笑了起来。

"至于你说的后面那部分,我无从核实。"我说,"但关于此人的年龄和职业履历,要找出一些详细资料起码还不难。"我从书架上我放医学书的那一小格取下《医疗行业名录》,查到了这

---

① 一种最初用于狩猎的小型犬。

个名字。叫莫蒂默的有好几个，但符合我们那位访客特征的只有一个。我朗声把他的履历念了出来。

"莫蒂默，詹姆斯：1882年成为皇家外科医师学会会员，现居德文郡①达特穆尔高沼地的戈庆穆盆。1882—1884年任查令十字医院外科住院医师。以《疾病是一种返祖现象吗？》一文获杰克逊比较病理学奖；瑞典病理学会通信会员；撰有论文《隔代遗传的若干畸形变异》（1882年《柳叶刀》）、《人类在进化吗？》（1883年3月《心理学杂志》）。现任戈庆穆盆、索斯利与高冈行政堂区医务官。"

"只字未提你所谓的当地狩猎团呢，华生，"福尔摩斯顽皮地笑着说，"但确实是个乡村医生，这一点你很敏锐地看出来了。我想我推断得都还算对。至于形容词，我没记错的话，我说他亲切随和，胸无大志，总是心不在焉。根据我的经验来看，这个世上唯有亲切随和之人才会收到别人赠的纪念品，唯有胸无大志之人才会放弃伦敦的事业跑到乡下去，唯有总是心不在焉之人才会在人家屋里等了一个小时，结果却落下手杖，而不是留下拜帖。"

"那狗呢？"

---

① 英格兰西南部的一个郡。

"那狗习惯叼着这根手杖跟在主人后面。手杖分量不轻,狗紧紧咬住中段,一道道牙印子清晰可见。从牙印两端的间距来看,我估摸着这狗的颌没有㹴的那么窄,又没有獒的那么宽。可能是——哎呀,对了,正是一条鬈毛西班牙猎犬。"

他前面说话的时候,就站起身来在屋子里来回踱步。说到最后一句,他在凸窗①前的壁凹内突然停下脚步,语气听起来如此坚定,我不由惊诧地抬头瞥了一眼。

"我亲爱的伙计,你怎么就这么肯定呢?"

"原因很简单,我看见那条狗现在就在咱们家门口,它的主人按铃了。我请求你别走,华生。他是你的同行,有你在,兴许能帮上我。华生,此刻就是命运中的戏剧性时刻——你听到楼梯上的脚步声正在走进你的生活,而你却不知是福是祸。詹姆斯·莫蒂默医生,一个搞自然科学的,来找夏洛克·福尔摩斯,一个专门破案的,能有何事相求呢?进来!"

这位访客的外表出乎我的意料,我原以为会见到一个典型的乡村医生,来人却又高又瘦,两只锐利的灰眼睛挨得很近,在一副金边眼镜后面炯炯发光,两眼中间凸起长长的鹰钩鼻。他的衣着符合职业规范,但又颇为不修边幅;双排扣长礼服大衣脏得发黑,裤子都磨损了。他年纪轻轻,长长的背就已经驼了,走起路

---

① 凸出于建筑外墙的窗户,室内对应的壁凹处扩大了居住空间。

来脑袋向前伸，总体给人一种感觉，像是出于善意地探头探脑张望着什么。他一进房间，目光就落在了福尔摩斯手里的那根手杖上，随即高兴地惊叫一声跑了过去。"这可真是太好啦，"他说，"我还吃不准是落在这儿了呢还是在海运事务所。我怎么也不能把这手杖给弄丢。"

"看得出来是别人赠送的礼物。"福尔摩斯说。

"是的，先生。"

"查令十字医院的人送的吧？"

"是我结婚时那里的几个朋友送的。"

"目光就落在了福尔摩斯手里的那根手杖上"

"哎呀,哎呀,那可就坏了!"福尔摩斯摇着头说。

莫蒂默医生略显惊讶地在镜片后面眨了眨眼。"怎么就坏了?"

"坏就坏在你推翻了我们一些小小的推论。你说你结婚的时候?"

"是的,先生。我结婚了,所以就离开了医院,当上顾问医师①的希望也就都随之离我而去了。为了给自己安个家,只好这么做。"

"还好,还好,我们错得还不算太离谱。"福尔摩斯说,"那好,詹姆斯·莫蒂默医生——"

"不敢当,您管我叫外科先生②就行——在下只是一介皇家外科医师学会会员。"

"显然还是个思维严谨之人。"

"福尔摩斯先生,我在自然科学方面学识尚浅,面对广阔而未知的知识海洋,我还在岸上拾贝呢。阁下就是夏洛克·福尔摩斯先生吧,不是……"

"是我,这位才是我的朋友华生医生。"

"很高兴认识您,先生。我听人一道提起过您和您朋友的大名。我非常关注您,福尔摩斯先生。万万没想到有人有这样长头

---

① 医院里级别最高的医师。
② 英国的外科医师最早不像内科医师那样有正式的行医资格,因此不能称作"医生"。按照这一传统,称呼男性外科医师为"先生",而非"医生"。

型①的颅骨，眶上骨长得如此轮廓分明。我用手指沿着你的顶骨裂纹摸一下，您不会不高兴吧？先生，对任何一家人类学博物馆而言，在您本人的颅骨可供陈列之前，能展览您颅骨的模型，都会为其增色不少。我没有要恭维您的意思，但坦白讲，我觊觎您的颅骨。"

夏洛克·福尔摩斯挥手示意这位古怪的访客在椅子上坐下。"看得出来，先生，你热衷于从自己这一行当的角度去思考问题，就跟我一样。"他说，"我从你的食指上看出来，你平时抽的烟都是自己卷的。不必拘礼，尽管抽吧。"

那人掏出卷烟纸和烟丝，用纸把烟丝卷起快速捻动，手法出奇地灵活。他的手指修长而灵巧，像昆虫的触须般敏捷地颤动着。

福尔摩斯沉默不语，可我从他暗暗瞥的那几眼看出来，他对这位不寻常的客人很感兴趣。"先生，我看，"他终于开口道，"你昨晚和今日两度光临寒舍，恐怕不光是为了研究我的颅骨而来的吧？"

"对，先生，不是；虽然我很高兴还能有机会看看您的颅骨。我来找您，福尔摩斯先生，是因为我突然遇到一个极其严重又极不寻常的难题，我又知道自己办事能力不足。我还知道，您是欧

---

① 头的指数小于75，即颅骨宽度小于长度的75%。

洲位居第二的专家……"

"嚆,先生!敢问哪位享有第一的殊荣?"福尔摩斯颇有几分尖锐地问道。

"对于思想上讲求严谨而科学之人,贝蒂荣先生①的手法总是备受欢迎。"

"那你去请教他岂不是更好?"

"我说了,先生,那是对思想上讲求严谨科学之人。但要论务实,您可是公认的首屈一指。先生,但愿我并未无意之中……"

"有那么一点吧。"福尔摩斯说,"莫蒂默医生,愚以为,你若能不再赘言,而是直截了当地告诉我,要我帮忙究竟所为何事,方为明智之举。"

---

① 阿方斯·贝蒂荣(1853—1914),法国刑事侦查学家,创立鉴别罪犯身份的人体测定法。

第二章

巴斯克维尔家族的祸害

"我口袋里有份手稿。"詹姆斯·莫蒂默医生说。

"你一进房间我就注意到了。"福尔摩斯说。

"是一份古老的手稿。"

"是十八世纪初叶的,要不就是伪造的。"

"您怎么知道的,先生?"

"你刚才说话的时候,我一直能观察到你口袋里露出来一两英寸的手稿。一个专家估算一份文件的年代,误差要是超过十来年,就是水平不到家。你也许读过我在这方面写的一小篇专论。我估计这手稿是1730年的。"

"确切年份是1742年。"莫蒂默医生从胸前的衣兜里掏出手稿。"这份祖传的家族手稿是查尔斯·巴斯克维尔爵士委托我保管的。大约三个月前,他突然惨死,此事在德文郡引起了轰动。我不仅是他的私人保健医生,可以说还与他私交甚笃。先生,他是个很有主见的人，精明强干，讲求实际，跟我这人一样不会东想西想、疑神疑鬼。不过，他拿这份文件很当回事，早就做好了思想准备会有这么个下场，到头来也真的落了这么个下场。"

福尔摩斯伸手接过手稿，放在膝盖上摊平。"你注意看，华生，上面的字母 s 一会儿用长的，一会儿用短的。这正是让我能确定年代的几个线索之一。"

我从他肩头望过去，看着那泛黄的纸和褪了色的字迹。页头写着："巴斯克维尔府"，下面是草草写就的几个大号数字："1742"。

"看上去像是一份类似陈述的东西。"

"没错，陈述了巴斯克维尔家族内流传至今的某个传说。"

"但我看，你想请教我的问题没那么久远，也没那么不切实际吧？"

"一点也不久远。问题非常实际，急得不得了，必须在二十四小时内解决。不过这份手稿不长，且与此事密切相关。如蒙允许，我来念给您听。"

福尔摩斯往椅背上一靠，双手指尖对着指尖抵在一起，眼睛一闭，一副罢了的模样。莫蒂默医生将手稿迎着光，用嘶哑的嗓音高声读起了下面这个古老而离奇的故事：

"关于巴斯克维尔的猎犬一事的由来已有不少说法；然而我乃雨果·巴斯克维尔的直系后裔，又是从我父亲那里听

"莫蒂默医生将手稿迎着光"

说这个故事的,而他亦是从他父亲那里听来的,所以我将其记下,并坚信当时发生之事与我在此陈述的完全一致。吾儿,请你们相信,正义女神惩罚罪恶,亦会大慈大悲地宽恕罪恶;只要祈祷和忏悔,再严厉的诅咒亦可解除。因此要从这个故事中汲取教训,不必惧怕前人种下的恶果,而应鉴前毖后,以免曾使我们家族饱受痛苦的邪恶欲望再次被释放出来而毁了我们。

"要知道，在大叛乱时期①（我极力推荐你们读一读博学的克拉伦登勋爵②写的这段历史），这座巴斯克维尔庄园归雨果·巴斯克维尔所有。无可否认，此人亵渎神灵，不信上帝，无法无天。若仅仅是这样，其实乡邻倒还觉得情有可原，毕竟这种荒蛮之地本来也没出过多少圣人；可他身上有一种肆无忌惮、凶狠残暴的性情，这让他在整个英格兰西部都恶名昭著。这个雨果偶然'爱'上了（倘若如此丑恶的情欲真能假借如此美好的名义）一个自耕农的女儿，这个自耕农拥有的土地就在巴斯克维尔庄园附近。而这个少女向来谨言慎行，名声清白，因惧其恶名，总会避而远之。后来，就在米迦勒节③那天，这个雨果趁她的父亲和弟兄都不在家——这一点他早就了解清楚了——便伙同五六个游手好闲、为非作歹的狐朋狗友偷偷来到农场掳走了少女。少女被弄到府上，关在了楼上的一间屋子里，而雨果和他那帮朋友则跟每天晚上一样，坐下来狂欢痛饮千杯酒。这一来，可怜的姑娘在楼上听见下面狂歌乱吼、恶声咒骂，差点吓得魂都没了；据说雨果·巴斯克维尔喝醉时嘴里吐出来的那些污言

---

① 英国保王党人对1642—1651年间发生的英国内战的称呼。
② 克拉伦登勋爵（1609—1674），英国政治家、历史学家，著有《英国叛乱和内战史》。
③ 每年9月29日，基督教纪念圣米迦勒的节日，也是英国的四大结账日之一。

秽语不堪入耳，换了谁说，都是要遭天谴的。最后，她惊恐难耐，情急之下做出了连最胆大、最敏捷的男人可能都望而却步之事——她借助至今仍爬满南墙的那片常春藤，从屋檐下爬了下来，穿过沼地往三里格①外她家的农场逃去。

"碰巧没过多久，雨果撇下客人，拿着吃的喝的——兴许还怀着别的什么鬼胎——去找被他囚禁的少女，结果发现笼子空空如也，鸟儿飞走了。于是，他看起来就像被魔鬼附了身一般，冲下楼跑进餐厅，跳上那张大餐桌，将眼前的大肚酒壶和木盘狠狠踢飞，当着众人的面叫嚷，说只要能让他抓住少女，当天晚上就愿意将自己的身体和灵魂献给恶魔，任其支配。正当这帮纵酒狂欢之徒被他这番大发雷霆吓得目瞪口呆之时，其中有个心眼更坏的，也可能是醉得比别人都厉害的，大喊着说应该放一群猎犬去追她。雨果随即跑到宅子外面，冲着马夫嚷嚷，让他们给他那匹母马套上马鞍，把那群猎犬从窝里放出来，接着让猎犬嗅了嗅少女的方头巾，手一挥，让它们排成一行冲了出去，就这样在月色中吠叫着穿越沼地全速追赶猎物。

"这时候，因一切事发突然，这帮纵酒狂欢之徒一时间不知所措，张口结舌地站在那里。然未几，众人从茫然之中

---

① 1里格约为5公里。

巴斯克维尔的猎犬

回过神来，弄明白了究竟要到沼地上去干什么。这下场面陷入一片骚动，有的命人去取手枪，有的差人去牵马匹，有的要再带上一扁瓶酒。但最后，他们发狂的脑子总算恢复了一些神志，于是一众十三人，纵马追了出去。皓月当空，他们沿着少女回家的那条必经之路并排而行，策马疾驰。

"他们追出一两英里地时，碰到了沼地上一个夜间值守的牧羊人，便嚷嚷着问他见没见过那个骑马纵犬的追猎者。据说这牧羊人害怕得要命，话都快说不出来了，不过最后总算开口，说他确实见过那个可怜的少女，还有跟着她一路追来的那群猎犬。'我看到的可不止这些，'他说，'雨果·巴斯克维尔骑着他那匹黑色母马从我身边经过，还有一条猎犬不声不响地在他身后跟着跑，那猎犬活像地狱里的魔鬼，老天保佑千万别让那样的怪物跟在我后头。'于是那伙醉醺醺的乡绅把牧羊人骂了一通，便继续往前骑。可没走多久，沼地那头传来一阵疾驰的马蹄声，随即那匹黑色母马口吐着白沫跑了过去，马勒拖在地上，马鞍上没了人影，众人见状，不禁毛骨悚然。那帮纵酒作乐之徒感到一股深深的恐惧袭上心头，于是骑马紧紧靠拢在一起，但还是朝沼地的那头跟了过去，不过要是单枪匹马而来，个个都恨不得掉转马头往回跑呢。他们就这样骑着马慢吞吞地往前，最后终于碰上了那群猎犬。这些猎犬素以勇猛剽悍、品种优良著称，这会儿却聚成一团，缩在沼地上一处本地人叫沟崖的深坑前低声呜咽着，有的正偷偷往回溜，还有的后颈毛竖起，两眼直瞪瞪，死盯着脚下狭窄的山谷。

"那伙人勒住缰绳，停了下来，可以猜想得到，他们比刚出来的时候要清醒。大多数人一步也不敢再往前了，可有三个胆子最大的，又或许是醉得最凶的，策马继续沿沟崖而下。接着展现在眼前的是一片开阔的空地，地上立着两块巨石，是某些已经叫不上名字的古人立在那里的，至今还能在那里看到。皎洁的月光照在空地上，那个可怜的少女躺在空地中央，因恐惧和疲惫交加倒在那里丧了命。然而，令那三个胆大包天的纵饮狂欢之徒汗毛倒竖的，不是看见少女的尸体，也不是看见躺在她不远处的雨果·巴斯克维尔的尸体，而是扑在雨果身上正撕咬他喉咙的可怕的东西，那是一只巨大的黑色怪物，模样似猎犬，可凡人哪里见过这么大的猎犬。就在他们看着这一幕的时候，那怪物咬掉了雨果·巴斯克维尔的喉咙，随即转过头来，那双冒着火光的眼睛和血盆大口冲着他们，三人见状吓得惊叫起来，死命骑马往沼地的那头逃去，一面逃还一面在尖叫。据说，一人因目睹此状当晚就死了，余下二人也落得后半辈子精神失常。

"吾儿，关于那条猎犬的来历，故事就是这样；据说自此以后，这个家族一直深受其害。我之所以把它记下来，是因为事情知道得清清楚楚总比道听途说再妄加猜测来得强，后者只会更吓人。不可否认，家族中已有许多人死于非命，皆是猝然惨死，死因不明。但愿我们得到上帝无限仁慈的庇护，惩戒能如《圣经》中预示的那般，止于第三、第四代人①，

---

① 典出《圣经·旧约·出埃及记》：恨我的，我必追讨他的罪，自父及子，直到三四代。

"那个可怜的少女躺在空地中央"

不再殃及后代的无辜子孙。我的子孙啊,我特此将你们托付给仁慈的上帝,并劝告你们,为谨慎起见,切莫在邪恶势力猖獗的黑暗时分走上那片沼地。

"(本手稿由雨果①·巴斯克维尔传给儿子罗杰和约翰,并嘱咐关于此事一个字都不得向姊妹伊丽莎白提起。)"

---

① 此雨果非彼雨果。

莫蒂默医生念完这个离奇的故事，把眼镜扶到额头上，盯着对面的夏洛克·福尔摩斯先生。后者打了个哈欠，把烟头扔进了炉火里。

"完了？"他说。

"你不觉得这故事很有意思吗？"

"对收集童话的人来说倒是很有意思。"

莫蒂默医生从口袋里掏出一份折起来的报纸。

"那好，福尔摩斯先生，给您讲讲时间上近一点的东西。这是今年 5 月 14 日的《德文郡纪事报》，就是查尔斯·巴斯克维尔爵士死后几天出版的，上面有一篇报道简要记述了打探到的相关案情。"

我这位同伴稍稍往前探了探身子，神情变得专注起来。那位访客把眼镜调整归位，嘴里念了起来：

"近日，查尔斯·巴斯克维尔爵士猝然离世，全郡上下笼罩在一片悲伤的气氛之中；提起他的名字，人们都说他很可能会作为中德文选区的自由党候选人参加下届大选。查尔斯爵士住进巴斯克维尔府的时间并不长，但他为人和蔼可亲，十分慷慨大方，与其打过交道的人无不爱戴他、敬重他。他作为郡中屡遭厄运的古老家族的子弟，能够凭借自己的本事发迹，并带着财富还乡，使没落的世系恢复昔日的辉煌，在如今这个到处都是暴发户的年代，这样的例子令人耳目一新。众所周知，查尔斯爵士在南非做投机生意致富。他见好就收，带着变现的收益回到英格兰，比那些贪得无厌，到头来风水倒着转的人要来得聪明。他住进巴斯克维尔府才两年，人们就都在谈论那些重建和改造计划的规模之浩大，可如今因他的死而被迫中断。他本人无儿无女，曾公开表示，希望在其有生之年，乡里都能得益于他发财的好福气，因此许多人因个人恩情而为其过早辞世感到悲恸。他对当地和郡里的慈善机构一次次慷慨解囊的善举屡屡见诸本报专栏。

"关于巴斯克维尔爵士的死因，不能说已经调查得一清二楚，但至少目前的结果足以消除当地迷信说法引发的种种谣言。目前没有任何理由怀疑这是一桩谋杀案，也没道理去胡乱猜测死者绝非自然死亡。查尔斯爵士丧偶，而且在某些方面可以说思维方式很古怪。他虽然相当富有，但个人生活很简朴，巴斯克维尔府室内的仆佣只有一对姓巴里莫尔的夫妻，男的当管家，女的料理杂务。两人的证词倾向于表明查尔斯爵士身子欠佳已有些时日了，尤其提到了他心脏上有些毛病，症状表现为脸色变差、呼吸困难，并伴有精神抑郁急性发作，他的几个朋友也证实了这一点。死者的朋友兼私人保健医生詹姆斯·莫蒂默医生也提供了类似的证词。

"本案的事实并不复杂。查尔斯·巴斯克维尔爵士每天晚上睡觉前喜欢沿着巴斯克维尔府里有名的紫杉小径散步。巴里莫尔夫妇证实他一直有这个习惯。五月四日那天，查尔斯爵士称其打算次日动身前往伦敦，并吩咐巴里莫尔为其打点行李。当天晚上，他跟平常一样趁天黑出门散步，其间还习惯抽一支雪茄。可这一去，就再也没回来。到了半夜十二点，巴里莫尔发现前门还开着，便担心了起来，于是点了盏提灯去找主人。那日白天下过雨，沿着小径很容易能发现查尔斯爵士的脚印。小径走到一半的地方有一扇栅门，出门就是沼地。有迹象表明，查尔斯爵士在那儿站了一会儿，后来又沿着小径继续往前，他的尸体是在路的那一头发现的。有一事尚未弄清楚：据巴里莫尔称，主人在经过那扇门之后，脚印的形状发生了变化，从那里往前，看上去像是踮着脚走的。有个叫墨菲的吉卜赛马贩子当时正好在沼地上，离事发地点没多远，但他承认自己当时好像喝多了。他声称听见了叫声，但说不清是从哪里发出来的。查尔斯爵士身上未发现任何遭受暴力的迹象，而且虽然医生的证词指出，尸体的面部扭曲得简直不可思议——扭曲得连莫蒂默医生一开始都不肯相信躺在他面前的当真是他的那位朋友，是他的那位患者——但根据解释，在心脏衰竭造成的呼吸困难致死病例中，这种症状并不罕见。尸检结果表明，死者长期患有心脏器质性疾病，从而证实了上述说法，验尸官陪审团根据医学证据作出了判定。这样的结果倒也不坏，当务之急，显然是让查尔斯爵士的继承人住进府里，将不幸中断的善事做下去。关于此事私下里谣传着种种异想天开的故事，要不是验尸官平淡无奇的如实判定最终平息了谣言，要想再找个敢住进巴斯克维尔府的人，怕是就很难了。据了解，如果查尔

"他的尸体是在路的那一头发现的"

斯·巴斯克维尔爵士弟弟的儿子仍在世，便是他最近的亲属，此人就是亨利·巴斯克维尔先生。最后一次有人听到这个年轻人的消息时，他还在美洲；为通知其有幸继承巨额遗产，目前正着手打听他的下落。"

莫蒂默医生把报纸重新折起来，放回了口袋里。"福尔摩斯先生，这些就是关于查尔斯·巴斯克维尔爵士之死对外公布的情况。"

"我得谢谢你，"夏洛克·福尔摩斯说，"让我注意到这样一个案子，其中确实有些很有意思的地方。当时，我看到过报纸上的一些评论，但我一门心思光顾着梵蒂冈浮雕宝石案那件小事，急于为教皇效劳，反倒没顾上关注发生在英国的几桩有趣的案子。你说，这篇报道讲的是所有已经对外公开的案情？"

"没错。"

"那就给我讲讲没公开的部分。"他往后一靠，双手指尖抵在一起，摆出他那副丝毫不露声色的铁面。

"这样的话，"莫蒂默医生说着，神情已经开始显得有些激动，"我要讲的可是跟谁都没透露过的事情。我之所以在死因调查时瞒着不说，是因为一个搞科学的人忌讳在公众面前显得像认同流传的迷信说法似的。我这么做还有更深一层的原因，正如报上所说，巴斯克维尔府说出去已经够让人觉得阴森了，要是再有点什么风吹草动，铁定再也没人敢住进去了。出于这两点考虑，我心想，反正把我知道的说出来了也没什么好处，倒不如少说为妙；但对你，完全不必有半点的藏着掖着。

"沼地上人烟稀少，住得近的人家自然就总会聚在一起。出于这个原因，我经常跟查尔斯·巴斯克维尔爵士见面。加上拉夫特府的弗兰克兰先生和博物学家斯特普尔顿，方圆数英里内，有文化的没别人了。查尔斯爵士不爱交际，但碰巧他身体抱恙，我俩才有机会认识，又因为在自然科学方面有共同的爱好，所以一直保持来往。他从南非带回来了许多科学资料，我们在一起探讨关于布须曼人①和霍屯督人②人体构造的比较解剖学，共同度过了许多美好的夜晚。

"查尔斯爵士去世前的几个月，我越来越明显地感觉到他的神经紧张得濒临崩溃。我念给你听的那个传说他一直耿耿于怀，以至于到了晚上，他虽然会在自家庭院里散步，但说什么也不敢到沼地上去。福尔摩斯先生，这事在你看来可能难以置信，可他当真深信厄运笼罩着整个家族，他所举出的祖辈中遭此厄运的几个先例也确实叫人乐观不起来。他成天提心吊胆，总觉得有什么可怕的鬼怪，还不止一次问我，晚上出诊的时候，在路上见没见过什么怪物，听没听到猎犬捕猎时那种狂吠不止的叫声。后面那

---

① 非洲南部原住民。
② 非洲南部民族，体貌特征和语言同布须曼人相近。

个问题他问过我好多回，问的时候总是激动得声音发抖。

"我记得很清楚，惨案发生前大约三个星期，那天晚上我驾车上他家去，他恰好在门厅的入口处。我从轻便双轮马车上下来后，正站在他面前，就在这时，只见他目光越过我的肩头，眼睛死死盯着我身后，满脸惊恐。我连忙转过身去，刚好瞥见什么东西在车道的那头蹿了过去，我还以为是只体形较大的黑色牛犊。见他惊恐万状，我只好到那牲畜方才出现的地方去四下寻找。可它已经不见了，而这件事似乎在他心里留下了最可怕的阴影。我整宿陪着他，也就是那天晚上，为了解释他先前为何反应这么大，他向我吐露了秘密，把我刚进来时念给你听的那份手稿托付给我保管。我提起这个小插曲，是因为之后就发生了那桩惨剧，现在看来这件事相当重要；不过当时我根本没觉得此事有什么大不了，一心以为他完全没必要这么紧张。

"查尔斯爵士是听了我的建议才打算马上去伦敦的。我知道他本来心脏就不好，这样成天活在焦虑中，就算焦虑的起因再怎么荒诞，也显然正在严重影响他的健康。我就想着让他去伦敦待几个月散散心，回来的时候能跟换个人似的。我俩都认识的朋友斯特普尔顿先生也非常担心他的健康状况，跟我的意见一致。不料临行前却飞来惨祸。

"查尔斯爵士身亡的那天晚上，管家巴里莫尔第一个发现后，派马夫珀金斯骑马来找我，正好那天我到很晚都没睡，所以事发

"只见他目光越过我的肩头,眼睛死死盯着我身后"

一小时内就赶到了巴斯克维尔府。我核查并证实了死因调查报告中提到的所有事实。我循着紫杉小径沿路的脚印往前,看到了通往沼地的栅门旁他似乎逗留过的那块地方,注意到过了那个位置之后脚印的形状发生了变化,还留意到软石子路上除了死者和巴里莫尔的脚印,没有别人的脚印。最后我仔细检查了尸体,在我来之前没有人碰过。查尔斯爵士脸朝下趴着,两只胳膊伸开,手指抠进地里,脸部因受到某种强烈刺激都变了形,变得我都快认不出来了。他身上确实没有任何外伤。但有一事巴里莫尔在调查中说得不对。他说尸体周围的地上没有任何痕迹。那是他没看见。可我看见了——离尸体虽然有相当一段距离，却是刚留下没多久的，很清晰。"

"是脚印？"

"是脚印。"

"男人的还是女人的？"

莫蒂默医生用异样的眼神看了我们两眼，边说边压低嗓子，声音轻得几乎是在窃窃私语：

"福尔摩斯先生，是一条巨型猎犬的爪印！"

第三章
难　题

坦白讲，听到这话，我浑身一激灵。医生的声音里透着一阵激动，听得出来他自己都被他说给我们听的话深深触动。福尔摩斯兴奋得探身向前，眼里闪着锐利而不露声色的光芒，他对什么东西产生浓厚兴趣的时候就会投射出这种目光。

"你可看清楚了？"

"正如我现在看你一样清清楚楚。"

"结果你一个字也没跟别人说过？"

"说了有什么用？"

"怎么没有别人看见？"

"那些印子离尸体大概有二十码[①]，谁也没留意。我要是不知道这个传说，恐怕也不会去多想。"

"沼地上有不少牧羊犬吧？"

"话是没错，但那绝不是牧羊犬。"

"你说它体形很大?"

"庞大。"

"但它没有靠近过尸体?"

"没有。"

"那天晚上天气怎么样?"

"又冷又湿。"

"但并没有在下雨?"

"没有。"

"那条小径是什么样子?"

"两旁各有一排紫杉老树篱,十二英尺高,枝叶茂密,无法穿过。正中间的步道宽约八英尺。"

"树篱和步道之间有什么东西吗?"

"有,两边都有一长条宽约六英尺的草地。"

"所以说紫杉树篱的某处开了一扇栅门可以进出?"

"对,就是那扇通向沼地的边门。"

"还有别的口可以出入吗?"

"没了。"

"也就是说,要进入紫杉小径,要么从房子里出来往小径里走,要么从通往沼地的那扇栅门进去?"

---

① 1 码约合 0.91 米。

"小径另一头有座凉亭,穿过去有一个出口。"

"查尔斯爵士到过那儿吗?"

"没有,尸体离那儿大概还有五十码。"

"好,那你告诉我,莫蒂默医生——这很关键——你看见的那些爪印是在小径上,不是在草地上?"

"草地上是看不出来印子的。"

"那些爪印是在小径上靠通往沼地那扇门的一侧吗?"

"是的,就在靠栅门那侧的小径边上。"

"这就有意思极了。还有一点,那扇边门是关着的吗?"

"关着,还用挂锁锁上了。"

"门有多高?"

"约四英尺高。"

"也就是说谁都能翻过去?"

"对。"

"你在边门附近看见什么印迹了吗?"

"没什么特别的。"

"怪了!难道没人仔细检查过吗?"

"有,我检查得很仔细。"

"什么也没发现?"

"一切都很难辨认。查尔斯爵士显然在那儿站了五到十分钟。"

"你怎么知道?"

"因为雪茄上的烟灰在那儿掉过两次。"

"聪明!这位可是内行啊,华生,考虑问题的方式跟我们一样。那脚印呢?"

"那一小块石子路上到处都是他自己的脚印,别的脚印我就看不出来了。"

夏洛克·福尔摩斯烦躁地用手拍打膝盖。

"我要是在那儿就好了!"他大声说道,"这显然是个特别有意思的案子,给讲求严谨的破案专家提供了大展身手的好机会。那条石子路就像一页纸,我原本可以在上面读到好多线索,可过了这么久,早就被雨水给冲花了,被穿着木屐去看热闹的农夫给踩得面目全非了。哎呀,莫蒂默医生啊,莫蒂默医生,想想看,你那会儿居然没叫我去!你可真得好好交代交代。"

"我那会儿要是把你请过去,福尔摩斯先生,就得把这些情况弄得人尽皆知了,我不想这么做的原因我已经解释过了。况且,况且——"

"为何吞吞吐吐?"

"有一个领域,就算是头脑最敏锐、经验最丰富的侦探也无能为力。"

"你是说,这是神怪作祟的超自然事件?"

"我可没有明确这么说。"

"你可真得好好交代交代"

"你嘴上是没说,但心里显然是这么想的。"

"福尔摩斯先生,自惨剧发生以来,我听说了好几桩怪事,这些事用自然界的既定规律很难解释得通。"

"比如说呢?"

"我发现在这起可怕的事件发生之前,有几个人在沼地上看到过一只怪物,长得跟巴斯克维尔传说中的这个恶魔很像,而且不可能是自然科学中已知的任何一种动物。看到过的人都说那怪物体形庞大，身上发光，狰狞恐怖，犹如鬼魅。我反复盘问了这些人，其中一个是头脑冷静的乡下人，一个是钉马掌的铁匠，还有一个是沼地上的农场主；他们对这个可怕的幽灵的描述不谋而合，跟传说中的那条地狱魔犬完全相符。我可以肯定地告诉你，这个地区笼罩在一片恐怖的气氛之中，敢在夜里穿越沼地的人都是不怕死的硬骨头。"

"那你呢，身为受过训练、从事自然科学的人，也相信这是超自然的神怪作祟？"

"我不知道信什么好。"

福尔摩斯耸了耸肩。"迄今为止，我都把案件侦查的范围限定在这人世间。"他说，"与恶人斗我是尽了点绵力，但要同真正的恶魔较量，这差事要我办怕是心有余而力不足。不过你必须承认，那爪印是实实在在的。"

"传说中的那条猎犬也是实实在在的，实在得都能咬掉人的喉咙了，可还不是跟妖魔鬼怪一个样。"

"看得出来，你已经完全倒向信神怪之谈的人那一边了。那好，莫蒂默医生，请你告诉我。既然你的看法是这样的，到底为什么还要来请教我？你一会儿跟我说想要我去调查查尔斯爵士的死，一会儿却又说查了也是白搭。"

"我没说过要你去查。"

"那我还能帮你什么呢？"

"帮我出出主意,想想我该拿亨利·巴斯克维尔爵士怎么办。他就要到滑铁卢站了"——莫蒂默医生看了看怀表——"还有一小时零一刻钟。"

"就是那位继承人?"

"是的。查尔斯爵士死后,我们立刻就去打听这位年轻绅士的下落了,才发现他一直在加拿大经营农场。从我们了解到的情况来看,他这个人各方面都很出色。我现在不是以自己医生的身份,而是作为查尔斯爵士遗嘱的受托人兼执行人才来说这话的。"

"能申请继承的没别人了吧?"

"没了。我们能查到的其他男性亲属只有罗杰·巴斯克维尔,三兄弟当中最小的那个,老大就是不幸的查尔斯爵士。老二是亨利这个小伙子的父亲,年纪轻轻就死了。老三罗杰是家族中的败类,他遗传了巴斯克维尔家祖上的专横禀性,听说他跟家族肖像中的那个老雨果像是一个模子刻出来的。他在英国惹是生非,闹得混不下去了,便逃到了中美洲,1876年染上黄热病死在了那里。亨利便是巴斯克维尔家族仅存的后裔。再过一小时零五分钟,我就要在滑铁卢站接他了。我收到电报,说他今早抵达南安普敦①。好了,福尔摩斯先生,你建议我拿他怎么办?"

"让他去祖祖辈辈居住的老家有何不可?"

---

① 英格兰南部港口城市。

"可不是嘛，按说这样才合乎常情。可你想想看，巴斯克维尔家世世代代，只要是去那儿住的，最终都难逃厄运。我相信，查尔斯爵士临死前要是能跟我说上话，他准会嘱咐我，别把这古老家族最后的血脉、这巨额财富的继承人带到那个致命的地方去。但也不可否认，那片贫穷又荒芜的乡村要想富起来，上上下下都得指望着有他在。府里要是没人再住进去，查尔斯爵士生前做的善事都将前功尽弃。由于我本人在这个问题上明摆着有利害关系，我怕自己的看法会因此失之偏颇，因而将整件事交给你来判断，问问你的意见。"

福尔摩斯琢磨了片刻。

"说白了，事情是这样的。"他说，"依你看，有一股邪恶的力量作祟，把达特穆尔闹得鸡犬不宁，让巴斯克维尔家的后人没法平平安安地住在那里——这就是你的看法？"

"至少我可以毫不夸张地说，有证据表明可能就是这样的。"

"话是一点也没错。可如果你的神怪之说成立，这股力量既然能在德文郡加害这个年轻人，想必在伦敦也同样轻而易举。像教区委员会一样只能在一方显灵的魔鬼太叫人没法相信了。"

"福尔摩斯先生，您要是自己碰上这些怪事，兴许就不会这么不当回事地随口一说了。那按照我的理解，您的意思是，这个年轻人在伦敦安全的话，在德文郡也同样安全。他五十分钟后到。您建议我怎么办？"

"我建议你啊,先生,先叫辆出租马车,再把你那条正在抓挠我家前门的西班牙猎犬喝走,接着到滑铁卢站去接亨利·巴斯克维尔爵士。"

"然后呢?"

"然后什么也别跟他说,等我在这件事上拿定主意。"

"你要多久才能拿定主意?"

"二十四小时。明天上午十点,莫蒂默医生,你若方便来一趟,我将不胜感激。如能带亨利·巴斯克维尔爵士一道来,将有助于我为以后作打算。"

"我会照您说的做,福尔摩斯先生。"他在衬衫的袖口上草草记下约定的时间,便匆匆告辞离开,走的时候还是那副探头探脑又心不在焉的古怪模样。福尔摩斯在楼梯口叫住了他。

"就再问一个问题,莫蒂默医生。你说在查尔斯·巴斯克维尔爵士死之前,有几个人在沼地上见过这个幽灵?"

"有三个人见过。"

"后来有谁见过吗?"

"没听说有谁再见过。"

"谢谢,再见。"

福尔摩斯坐回椅子上,脸上露出他那副暗自得意又不动声色的神情,这就意味着摆在他面前的这件差事很对他的胃口。

"要出门,华生?"

"他在衬衫的袖口上草草记下约定的时间"

"对啊,要是你没什么事要我帮忙的话。"

"没事,我亲爱的伙计,到了行动的时候我会找你帮忙的。要知道,从某些角度来看,这件事情十分独特,奇妙极了。你路过布拉德利的店铺时,请你叫他送一磅最浓的粗切烟丝来好吗?谢谢。你最好行个方便,傍晚以前别回来。等你回来的时候,我非常乐意跟你交换一下意见,聊聊今天早上交给我们的这个极有意思的难题。"

我知道,对我的这位同伴而言,在需要精神高度集中的时候,非常有必要一个人安安静静地待着,这时候他才能掂量每一丝证据,构想各种可能的推测,在各种推测之间作出权衡,再断定哪些部分至关重要,哪些又无关紧要。于是我在我常去的那家俱乐部泡了一整天,到傍晚才回贝克街。我回到起居室的时候,已经快九点钟了。

我刚打开房门,第一感觉就是着火了,满屋子全是烟,连桌上那盏油灯的光都变得模糊了。不过进了屋,我悬着的心便放了下来,把我呛得直咳嗽的原来是烈性的粗制烟草烧出的刺鼻浓烟。透过烟雾,我隐约看见福尔摩斯穿着晨袍蜷缩在一把扶手椅上,嘴里衔着他那个黑色陶土烟斗,周围放着几卷纸张。

"着凉了,华生?"他说。

"没有,被这有毒的空气给呛的。"

"你这么一说,好像还真是挺闷的。"

"什么闷!简直叫人吃不消。"

"那就把窗子打开吧!看得出来,你在你那俱乐部待了一整天。"

"乖乖,我亲爱的福尔摩斯!"

"我没说错吧?"

"一点也没错,可你是怎么知道的?"

见我满脸不解,他笑了起来。"华生,你身上有股子招人喜欢的天真劲儿,惹得我就爱耍耍我的那些个小伎俩,拿你寻开心。一位绅士在道路泥泞的阵雨天出门,晚上回来的时候身上却干净整洁,帽子和靴子仍泛着光泽,可见他一整天都没挪过窝。他这个人又没什么要好的朋友,那还能去哪儿呢?这还不明显吗?"

"好吧,明显得很。"

"这世上到处都是显而易见之事,而世人偏偏总是视而不见。你觉得我今天去哪儿了?"

"也没挪过窝。"

"恰恰相反,我去了趟德文郡。"

"神游?"

"正是。我的肉体留在了这把扶手椅上,还在我神游期间——我遗憾地发现——喝了两大壶咖啡,抽了数量惊人的烟。你出门后,我差人去斯坦福书店拿来了沼地这一带的地形测绘详图,我的灵魂在这上方盘旋了一整天。我自认为对这地方已经熟悉得可以来去自如了。"

"是大比例尺地图吧?"

"非常大。"

他展开地图的一部分,摊在膝盖上。"这里就是我们要关注的那个地区,中间那一片就是巴斯克维尔府。"

"四周有一片树林环绕?"

"正是。那条紫杉小径虽然没有在上面标明,但我猜一定是

"中间那一片就是巴斯克维尔府"

沿着这条线延伸过去的,因为看得出来右边就是沼地。这一小群建筑就是戈戾穆盆小村庄,我们那位朋友莫蒂默医生的诊所就开在这儿。可以看到,方圆五英里内只有稀稀落落的几所住房。这里是之前讲述这件事的时候提到的拉夫特府。这里标出来的一所房子可能是那个博物学家的寓所——我没记错的话,他叫斯特普尔顿。这里是沼地上的两家农舍——高突岩和腐潭。再过去就是十四英里外的王子镇大型监狱。这些分散的地点之间及其周围遍布着荒无人烟又了无生机的沼地。这便是上演过悲剧的那个舞台，我们也许还能在这个舞台上帮忙重现这出悲剧。"

"这地方一定很荒凉。"

"是的，这舞台背景很适合上演悲剧。如果魔鬼真想插手人间之事……"

"这么说，连你自己都倾向于认同神怪之说。"

"魔鬼的使者也可以是血肉之躯，不是吗？一开始就有两个问题等待我们解答。一是究竟有没有发生过罪行；二是如果有，发生的是什么罪行，又是怎么发生的？当然，假设莫蒂默医生的猜测是对的，我们要对付的是不受自然法则约束的力量，那么我们的调查也就到头了。可我们有义务将其他假设都排除掉，万不得已再回过头来走这条路。你不介意的话，我看还是把窗户再关上吧。真是奇怪，我发现集中的空气有利于集中思想。我还没到非要钻进箱子里才能思考的地步，但照我的这种见解，到这一步按理也是应该的。这个案子你琢磨过吗？"

"是的，白天的时候我想了很久。"

"想出什么来了？"

"很叫人想不通。"

"这案子确实很独特。有几个地方很奇怪，比方说脚印的变化。你觉得是怎么回事?"

"莫蒂默说那个人是踮着脚走过小径后面一段的。"

"他不过是复述了某个傻子在死因调查时说的话。一个人干吗要踮着脚沿小径走呢?"

"那怎么解释?"

"华生,他是在跑——拼了命地跑,为了逃命而跑,一直跑到心脏病猝发——最后脸朝下倒地身亡。"

"跑什么呢?"

"我们要解决的难题就在这里。有迹象表明,这人在还没开始跑的时候就吓疯了。"

"凭什么这么说?"

"据我推测,引起他恐惧的根源是从沼地那边来的。真是这样的话——看来也极有可能是这样——那么只有失去理智的人才会不往家里跑,反而朝反方向跑。如果那个吉卜赛人的证词属实,那么死者就是朝最不可能得救的方向边跑边喊救命。还有就是,那天晚上他在等谁,为什么不在自家的房子里等,而要在紫杉小径那儿等?"

"你觉得他是在等人?"

"死者年老体弱,平时傍晚出去散散步可以理解,可那天晚上地面潮湿,天气阴冷。正如莫蒂默医生——我没想到他在实际问题上判断力这么强——根据雪茄的烟灰推断出来的那样,死者居然在那儿站了五到十分钟,这正常吗?"

"可他每天晚上都会出去。"

"我认为他不大可能会每天晚上都在通往沼地的栅门那儿等。相反,证据表明他平时避开沼地还来不及呢。可那天晚上他却偏偏等在那里,还恰恰是他要出发去伦敦的前一天晚上。这事有眉目了,华生,前前后后串联得起来了。劳驾把我的小提琴递给我,这事咱们暂且搁一搁,什么都别去想了,等明天上午见了莫蒂默医生和亨利·巴斯克维尔爵士再进一步考虑。"

第四章
亨利·巴斯克维尔爵士

我们的早餐桌早早就收拾干净了,福尔摩斯穿着晨袍,等待说好了的会面。我们的两位委托人准时赴约,钟刚敲过十点,莫蒂默医生就被领了进来,身后跟着那位年轻的准男爵。后者是个模样机警的矮个子,生着一双深色的眼睛,三十岁上下,体格十分健壮,眉毛又浓又黑,面相刚强好斗。他身穿略微泛红的粗花呢西装,一副饱经风霜的外表,看上去像是那种成天待在户外的人,然而他沉着的目光和稳重而自信的举止间透着绅士气派。

"这位就是亨利·巴斯克维尔爵士。"莫蒂默医生说。

"嗨,是这样,"他说,"说来也怪,夏洛克·福尔摩斯先生,要是我这位朋友没有提议今天上午来拜访您,我自己应该也会来的。听说您擅长破解小谜题,正好我今天早上就碰到了一个,我怎么解也解不开。"

亨利·巴斯克维尔爵士

"请坐,亨利爵士。你是说你到伦敦后就碰上了不寻常的事?"

"也没什么大不了的,福尔摩斯先生。多半是谁开了个玩笑而已。就是这封信,其实也算不上是信,我今天一早收到的。"

他把一个信封放到桌上,我们都俯过身去看。这是一个材质普通的浅灰色信封。收信人姓名地址"诺森伯兰旅馆,亨利·巴斯克维尔爵士收"用印刷体写得很不工整;上面盖着"查令十字街"的邮戳,发信时间是前一天晚上。

"还有谁知道你要住进诺森伯兰旅馆吗?"福尔摩斯问道,目光锐利地朝这位访客瞥了一眼。

"没有谁会知道啊。我跟莫蒂默医生见了面以后才一起定下来的。"

"那莫蒂默医生想必之前就在那儿住下了吧?"

"不,我之前一直住朋友那儿。"医生说。

"没什么地方能看出来我们打算到这家旅馆去住。"

"哼!看来有人密切关注你们的行踪。"从信封里头福尔摩斯抽出一张折成四折的半张大页纸①大小的纸。他把纸展开,平铺在桌上。只有中间有一行字,是用剪下来的铅印字拼贴而成的。上面写道:

---

① 一种书写印刷纸规格,旧时该规格纸张的水印图案为滑稽圆锥帽。

你想要活下去想要理智的话就远离那沼地。

只有"沼地"两个字是用墨水以印刷体手写上去的。

"好，"亨利·巴斯克维尔爵士说，"还请你告诉我，福尔摩斯先生，这究竟是什么意思，是谁对我的事这么感兴趣？"

"你怎么看，莫蒂默医生？无论如何，你得承认这封信总没什么怪力乱神的地方了吧？"

"没有，先生，不过这很可能是某个相信这件事是神怪作祟的人写的。"

"哪件事？"亨利爵士厉声问道，"看来对于我自己的事，诸位似乎都比我本人知道的多得多。"

"你离开这屋子前，我们会把知道的都告诉你，亨利爵士。这一点我向你保证。"夏洛克·福尔摩斯说，"眼下，你允许的话，我们先把注意力集中在这封很有意思的信上，这信肯定是昨天晚上拼贴起来后寄出的。有昨天的《泰晤士报》吗，华生？"

"就在角落里放着呢。"

"麻烦你拿给我可以吗？翻到内页，劳驾，登社论的那一面。"他飞快地一栏栏上下扫视。"这篇关于自由贸易的文章写得真妙。请允许我挑一段念给你们听。

'你可能会听信花言巧语，想要让保护性关税刺激你本

"他飞快地一栏栏上下扫视"

行的买卖,想要让保护性关税促进你所在产业的发展,而理智的人都知道,从长远来看,这种法规必将使这个国家远离那富足之路,导致进口额跌下去,造成这个岛国的人民整体生活水平下降。'

"你觉得怎么样,华生?"福尔摩斯欢天喜地地大声问道,一面得意地直搓手。"你不觉得这一见解值得赞赏吗?"

莫蒂默医生以他职业特有的眼光看着福尔摩斯，一副饶有兴趣的样子，而亨利·巴斯克维尔爵士则用他那双深色的眼睛茫然地望向我。

"关税什么的我不太了解，"他说，"但我觉得，这跟那封短笺没什么关系，我们好像有点跑题了。"

"恰恰相反，我认为我们紧扣着主题，亨利爵士。这位华生比你更了解我的推理方法，但恐怕连他也没完全弄明白报上这段话的含义。"

"没错，说实话，我确实没看出有什么联系。"

"我亲爱的华生，然而这里头的联系十分密切，密切到信上那句话就是从这段长句里来的。'你''想要''想要''活''理智''下去''远离那'。这下总该看出来这些字出自何处了吧？"

"你说得对，太对了！啊呀，您真神了！"亨利爵士叫了起来。

"如果说还不能完全确定的话，就凭'远离那'是连在一块儿剪下来的这一点，便可打消疑虑了。"

"啊呀，还真是！"

"说真的，福尔摩斯先生，这我想破脑袋也想不出来。"莫蒂默医生惊奇地注视着我这位同伴，说道，"要是有谁说这些字是从报纸上剪下来的，我都不会觉得奇怪，可你居然能说出是哪份报纸，还能说出是出自社论，这可真是我见过的最了不得的事了。你是怎么办到的?"

"医生,我想,黑人和因纽特人的颅骨你能分得出来吧?"

"当然可以。"

"那你是怎么办到的?"

"因为那是我的特殊爱好。两者的差别很明显——眶上嵴、颜面角、上颌弧度,还有……"

"那刚才这个也是我的特殊爱好,差别也同样明显。你眼中那黑人与因纽特人颅骨的差别能有多大,那么在我眼里,《泰晤士报》的一篇文章上用铅条隔开行距的9点活字①与半便士一份的廉价晚报上粗糙的印刷字体这两者之间的差别就有多大。对刑侦专家而言,辨别印刷文字是最基本的一项技能;不过我得坦白,我年纪还很轻的时候,有一回把《利兹信使报》和《西部晨报》搞错了。但《泰晤士报》社论的字体完全与众不同,这些字不可能是从别的地方来的。既然是昨天拼贴好寄出的,那么在昨天的报纸上找到的可能性就很大。"

"那按照我的理解,福尔摩斯先生,你的意思是,"亨利·巴斯克维尔爵士说,"这个信儿是有人用剪刀……"

"用修指甲的小剪刀。"福尔摩斯说,"'远离那'三个字横着剪了两下才剪下来,看得出来是把刀身很短的剪刀。"

---

① 欧美的一种活字,约等于我国的新5号铅字。

"确实是这样。也就是说，这个信儿是有人用一把刀身很短的剪刀剪出来，再用糨糊……"

"用胶。"

"用胶贴到纸上。可我想知道为什么'沼地'这个词是手写上去的？"

"因为此人找不到印刷出来的这个词。别的词都很常见，随便哪期的报刊上都能找着，而'沼地'这个词可就没那么常见了。"

"哎呀，可不是嘛，这就说得通了。你从这个信儿上还看出什么来了，福尔摩斯先生？"

"有一两处蛛丝马迹，不过写信的人也算煞费苦心，不想露出一点马脚。首先是收信人姓名地址，可以看到是用印刷体写的，而且字迹很不工整。但《泰晤士报》这种报纸除了文化程度高的人，很少在一般人手里见到。由此可以推断，写信的人想假装没什么文化，其实很有文化；此人刻意掩饰自己的笔迹，就是怕笔迹被你认出来，或是将来哪天被你认出来。其次，可以看到信里的这行字贴得很不整齐，有高有低，有的高出许多。比如'活'这个字就偏得很厉害。这可能是因为粗心，也可能是因为又急又慌，才会剪贴成这样。总的来看，我倾向于后面这种解释，因为这件事分明很重要，写这么一封信的人也不大可能会粗心。这样一来，如果说是因为着急，那就引出了一个有意思的问题：信只要不晚于清晨寄出，亨利爵士在离开旅馆前总归能收到，为什么要着急呢？难道是怕被人撞见？怕被谁撞见呢？"

"我们现在开始有点像是在猜谜了。"莫蒂默医生说。

"应该说是开始权衡各种可能，然后选择可能性最大的。这是科学运用想象力，但总要有事实根据才能开始推断。还有，你想必又会说这不过是猜测，可我几乎可以肯定，这收信人姓名地址是在一家旅馆里写的。"

"你这又是从哪儿看出来的？"

"仔细观察就会发现，写字的人用的钢笔和墨水用得都不顺手。这笔写一个词就溅了两次墨，短短一个姓名地址，就蘸了三次墨水，说明瓶子里没多少墨水了。要知道，私人用的钢笔和墨水瓶很少会出现这种情况，两者都不好用的情况同时出现就更难得一见了。但是你知道，旅馆里的那种墨水和钢笔，好用的倒也难得一见。没错，我几乎可以毫不犹豫地讲，只要检查一下查令十字街附近旅馆里的废纸篓，找到那页残缺的《泰晤士报》社论，就能直接锁定这封奇怪的信是谁寄的。嘿！嘿！这是什么？"

他拿着那张贴了字的信纸，凑到离眼睛只有一两英寸的地方细细端详。

"怎么了？"

"没什么。"他把信纸扔到一旁，说道，"就是半页白纸，上面连个水印都没有。我想，从这封奇怪的信上我们能看出来的就这么多了。接下来，亨利爵士，你到伦敦以后还碰上过别的什么值得注意的事吗？"

"凑到离眼睛只有一两英寸的地方细细端详"

"嗨，没了，福尔摩斯先生。我想没别的了。"

"没发现有人跟踪你或监视你？"

"看来我是无意中身陷某部廉价小说最惊险的场景之中了

呢。"这位访客说道,"怎么就非得要有人跟踪我监视我呢?"

"我们正要谈到这件事。在讨论这件事之前,你没别的要跟我们说的了?"

"这个嘛,得看你觉得什么事值得一提。"

"我觉得只要是日常生活中不常见的都很值得一提。"

亨利爵士笑了笑。"我还不太了解英国这里的生活,我几乎一直待在美国和加拿大。但我相信,丢失一只靴子不是这里的生活中常见的事吧。"

"你丢了一只靴子?"

"我亲爱的阁下,"莫蒂默医生大声说道,"只不过是忘记放哪儿了,回旅馆就能找着。这等小事何必烦劳福尔摩斯先生呢?"

"哎呀,是他问我有没有什么不寻常的事的。"

"正是,"福尔摩斯说,"不管是看起来多么可笑的事情。你说你丢了一只靴子?"

"唉,反正就是不知道哪儿去了。昨晚我把两只靴子都放在门外,到了早上就剩一只了。从擦靴子的伙计嘴里什么也问不出来。最要命的是,这双靴子是我昨晚在斯特兰德大街才买的,都还没穿过呢。"

"既然没穿过,为什么要放到门口让人擦呢?"

"那是一双棕黄色靴子,还没上过油,这就是我放到门口的原因。"

"也就是说，你昨天一到伦敦就立马出去买了双靴子？"

"我买了好多东西呢。这位莫蒂默医生陪我逛的。要知道，我要是去乡下当乡绅，总得穿得像模像样吧。可能我在美国西部那边待久了，生活习惯不怎么讲究。除了别的东西，我还买了这双棕色靴子，花了六元钱，结果还没在我脚上穿过，就让人偷了一只去。"

"偷这么一件毫无用处的东西似乎很奇怪。"夏洛克·福尔摩斯说，"坦白讲，我跟莫蒂默医生的看法一样，丢了的靴子要不了多久就能找着。"

"好啦，诸位先生，"准男爵果决地说道，"在我看来，我把我所知道的仅有的这点事已经说得够多的了。现在该你们兑现承诺，一五一十地告诉我，我们说了这么多到底用意何在。"

"你的要求合情合理。"福尔摩斯答道，"莫蒂默医生，我看还是请你照先前给我们讲的那样，把那故事再讲一遍，这样再好不过了。"

经他这么一劝，我们这位搞自然科学的朋友从兜里掏出他那份手稿，像前一天上午那样，把整件事的来龙去脉又交代了一遍。亨利·巴斯克维尔爵士全神贯注地听着，间或发出一声惊呼。

"哎呀，看来我继承的不光是遗产，还有遗祸。"他听完这个长篇故事后说道，"当然，从孩提时代起，我就听说过这猎犬。

家里人总爱把这个故事挂在嘴边，不过我以前从没想过要当回事。可说到我伯父的死——啊，万千思绪好像全在我脑海里翻腾着，可我还想不明白是怎么回事。这件事是归警察管，还是归牧师管，你们好像都还没完全拿定主意。"

"一点也没错。"

"现在又出了我在旅馆里收到信这件事。我看前前后后对上了。"

"这样看来，有人对沼地上发生的事比我们知道得多。"莫蒂默医生说。

"还有，"福尔摩斯说，"有人警告你有危险，说明对你并没有恶意。"

"也有可能是为了达到自己的目的想把我吓走。"

"唔，自然也有这种可能。莫蒂默医生，承蒙你让我碰上这么一个难题，这个难题的答案有好几种有意思的可能性。不过，亨利爵士，眼下我们得作出抉择的实际问题是，巴斯克维尔府你是去好还是不去好。"

"我怎么不能去？"

"似乎有危险。"

"你说的危险，是来自纠缠我们家族的这个恶魔，还是来自人祸？"

"唔，这正是我们要弄清楚的事。"

"不管是人是魔,我的回答不会变。地狱里根本没有魔鬼,福尔摩斯先生,人世间也没有谁能阻止我回自己的家乡,就当这是我的最终答复。"他说这番话的时候,两道黑色的浓眉紧锁,脸涨成了暗红色。巴斯克维尔家遗传的火爆性子显然并未在这位仅存的后人身上断绝。"况且,"他说,"我还没来得及把你们刚才告诉我的都考虑周全。这么大一件事,要坐下来一口气想明白并且拿定主意可不容易。我想一个人安静地待一会儿再作决定。好,这样吧,福尔摩斯先生,现在是十一点半,我马上回旅馆去。你跟你的朋友华生医生两点过来同我们一起用午餐吧。到时候,我就能把我对这件事的看法跟你说得更明白了。"

"你方便吗,华生?"

"没问题。"

"那到时候见。要给你们叫辆马车吗?"

"我还是走走吧,这件事弄得我心里乱得很。"

"我很乐意陪你一块儿走走。"他的同伴说。

"那我们两点再碰面。再会①,回见!"

我们听见两位访客走下楼梯的脚步声,跟着是砰地关上前门的声音。福尔摩斯方才还在懒洋洋地出着神,门一响,顷刻间变得生龙活虎起来。

---

① 原文为法语。

"华生，戴好帽子，穿好靴子，快！一刻也耽误不得！"他穿着晨袍冲进自己的房间，转眼间便换了一身长礼服大衣出来。我俩一同匆匆下楼，赶到街上，还能看见莫蒂默医生和巴斯克维尔，在我们前头大概两百码的地方，正朝牛津街的方向走去。

"我追上去叫住他们好吗？"

"万万不可，我亲爱的华生。你不嫌弃我的话，我有你陪着就心满意足了。我们的两位朋友颇有雅兴，上午天气这么好，确实很适合走一走。"

他加快脚步，把我们与他们之间的距离缩短了大概一半的时候才放慢脚步。然后我们保持着这一百码的距离，跟着他们走到牛津街，又转到摄政街。我们的两位朋友其间驻足观望着一家商店的橱窗，福尔摩斯也立即照着做了。片刻之后，他得意地轻喊了一声，顺着他急切的视线望去，我看到街对面有辆双轮双座出租马车，里面坐着一个男人，马车本来停着，此时又开始缓缓前行。

"那就是我们要找的人，华生！快点！我们至少得把他的模样看清楚。"

就在这时，透过马车的侧窗，我看到一张留着浓密黑须的面孔，一双犀利的眼睛朝我们转过来。顷刻间，车顶上的活板门猛地掀起，那人冲车夫尖声嚷了句什么，马车便疯了似的沿摄政街飞奔而去。福尔摩斯焦急地四下张望，想叫辆马车，可一辆空车也没见着。于是他冲进川流不息的车马之中拼命追赶,但马车一开始拉开的距离太远,这会儿已经不见了踪影。

"'那就是我们要找的人,华生!'"

"瞧瞧!"福尔摩斯气喘吁吁地从车流中钻了出来,气得脸色发白,愤懑地说道,"我哪里有过这么背,还这么失策的时候?华生啊华生,你若是不偏不倚的话,就把这事也记下来,跟我的那些个成绩摆在一块儿说。"

"那人是谁?"

"不知道。"

"盯梢的?"

"唔,从我们听到的情况来看,很显然,巴斯克维尔到伦敦后就被人紧紧盯上了。不然怎么会那么快就被人知道他决定住在诺森伯兰旅馆呢?既然第一天就跟踪了他,那我有理由认为第二天还会跟踪他。你可能注意到了,莫蒂默医生念他那个传说的时候,我溜达到窗前去了两次。"

"对,我记得。"

"我当时在留神观察街上有没有人在徘徊,但一个也没看见。我们要对付的是个聪明人,华生。这件事错综复杂,虽然我还没最终确定跟我们打交道的一方是善是恶,但我总能感觉到对方神通广大,老谋深算。我们的两位朋友一走,我立马就跟了出去,指望能找出这位隐形的随从的藏身之处。可此人狡猾至极,连步行跟踪都不放心,于是利用起马车来,这样就可以跟在后面走走停停,也可以从他们身旁急驰而过,以免被他们察觉。这一招还有一个好处:假如他们也坐马车,他随时都能跟上。不过也有一个明显的缺点。"

"就会将把柄落在车夫的手里。"

"正是。"

"真可惜,我们没记下车牌号!"

"我亲爱的华生,虽然我刚才失策了,可你总不会当真以为我没记下车牌号吧?2704号就是我们要找的,但眼下没什么用。"

"我想不出来你刚才还能有什么更好的办法。"

"我一看到那辆马车,就应该马上掉头朝反方向走。那样的话,我就有空也雇辆马车,跟着前面那辆,并保持一定的距离,或者索性坐马车直接去诺森伯兰旅馆那儿等着,这样更好。等那位神秘人士跟着巴斯克维尔回来后,就有机会以其人之道还治其人之身,反过来盯他的梢,看看他往哪儿去。可惜我当时急于求成,鲁莽行事,而对手异常迅捷,格外干练,结果我暴露了自己,让那人趁机给跑了。"

我俩就这么一面交谈,一面沿着摄政街慢悠悠地走。走在我们前头的莫蒂默医生他俩早就不见了踪影。

"再这么跟下去也没什么意义了。"福尔摩斯说,"盯梢的那位都走了,不会再回来了。我们得看一下手里还有什么牌,然后果断打出去。车里那人的脸你看真切了吗?"

"我就看清楚他有一脸大胡子。"

"我也是——由此我推断这胡子十有八九是假的。一个聪明人办这么需要心细的差事,胡子只能是用来掩饰真面目的。进来,华生!"

他拐进一家区信差所①,里面的经理热情地招呼他。

"哟,威尔逊,我有幸帮了你忙的那桩小案子看来你还没忘呢?"

"没忘,先生,当然没忘。您挽回了我的名声,可以说是挽救了我的性命。"

"我亲爱的伙计,言重了。威尔逊,我好像记得你手下的小信差当中有个叫卡特赖特的男孩,就是在调查那案子时,看得出来挺能干的那个。"

"是的,先生,他还在我们这儿。"

"能把他叫来吗?谢谢!还要麻烦你帮我把这张五英镑的钞票换成零钱。"

应经理的召唤,来了一个十四岁的男孩,生着一张聪明又机灵的脸蛋。他眼下正站在那儿,极为崇拜地注视着这位大名鼎鼎的侦探。

"把旅馆名录给我。"福尔摩斯说,"谢谢!好,卡特赖特,这上面列出了二十三家旅馆,全都挨着查令十字街这一带。看到了吗?"

"是,先生。"

"你挨个去这些旅馆跑一趟。"

---

① 提供信童跑腿和送电报等服务的私营机构。

"遵命,先生。"

"每到一家,先给门卫一个先令。给你二十三先令。"

"遵命,先生。"

"'这上面列出了二十三家旅馆'"

"告诉他,你想查看一下昨天的废纸,就说有一封重要的电报送错了,你要找回来。听明白了吗?"

"明白了,先生。"

"但你真正要找的是《泰晤士报》中间的一个版面，上面有一些剪刀剪出来的洞。这里有一份昨天的《泰晤士报》，就是这一版。你很容易就能认出来，是吗？"

"是，先生。"

"每一次，门卫都会把大堂里的服务生叫来，你也给这人一个先令。再给你二十三先令。接着你就会发现，在这二十三家旅馆里，可能有二十家已经把昨天的废纸烧掉或处理掉了。剩下的三家会给你看一堆废纸，你要从里面找这页《泰晤士报》。但找到的几率非常小。这里还有十先令以备急用。傍晚前打电报到贝克街向我汇报结果。好了，华生，现在只剩一件事要做，就是打电报查明那个车夫的身份，车牌号是2704。然后，我们顺便去邦德街上找家美术馆逛逛，打发去旅馆赴约前的这段光景。"

第五章
三条断了的线索

夏洛克·福尔摩斯有一项本领，能随心所欲地转移自己的思绪，功夫之深，甚是了得。在整整两个小时里，我们先前还一直全心投入其中的那件怪事似乎被遗忘了，他全然沉浸在那些比利时近代艺术大师的画作之中。从离开美术馆，直到不知不觉到了诺森伯兰旅馆，一路上他只聊艺术，别的一字不提，虽然他对艺术只略懂一点皮毛。

"亨利·巴斯克维尔爵士在楼上等候二位。"旅馆服务台接待员说，"他让我等你们一到就立即领你们上去。"

"我看一眼你们的住客登记簿，可以吗？"福尔摩斯说。

"当然可以。"

从簿子上看，巴斯克维尔后面登记过两拨人。一拨是来自纽卡斯尔的西奥菲勒斯·约翰逊和家人；另一拨是住在奥尔顿镇高舍宅第的奥尔德莫尔太太及其女佣。

"这肯定就是我认识的那个约翰逊吧。"福尔摩斯对服务生说,"是个律师,灰白头发,走路一瘸一拐,对吧?"

"不是的,先生;这位约翰逊先生是煤矿主,是位手脚很利索的绅士,年纪可不比您大。"

"他是干什么行当的想必你弄错了吧?"

"没有,先生!他光顾这家旅馆好多年了,我们对他很熟悉。"

"啊,那好吧。还有奥尔德莫尔太太,这个名字我好像也记得。我问东问西的,还请见谅,不过在拜访一个朋友时碰上另一个朋友,这也是常有的事嘛。"

"先生,这是位体弱多病的夫人。她丈夫以前是格洛斯特市的市长。她每次来伦敦都住我们这儿。"

"谢谢;她恐怕不是我认识的那位。华生,经过这番询问,我们查明了一个非常重要的事实。"我俩一起上楼的时候,他继续低声说道,"现在我们知道,对我们这位朋友如此关注的那个人并没有和他住同一家旅馆。也就是说,虽然此人像我们看到的那般很想监视他,却又同样不想被他发现。注意,这里头很能看出名堂来。"

"看出什么名堂来?"

"看得出……嗬,我亲爱的伙计,这到底是怎么了?"

我们拐过楼梯口时,正好撞见亨利·巴斯克维尔爵士本人。

他气得涨红了脸，手里提着一只沾满灰尘的旧靴子。他气得话都说不清了，好不容易把话说清楚了，却操着一口浓重的美国西部方言，口音比我们上午听到他讲的任何一句话都要重得多。

"我看这旅馆里的人净把我当傻瓜耍呢。"他嚷嚷道，"给我当心着点，否则就会发现，拿老子开刀当猴耍是挑错了人。岂有此理，要是那个混球不把我那只丢了的靴子找回来，可就要吃不了兜着走了。不是我这人开不起玩笑，福尔摩斯先生，可是他们

"手里提着一只沾满灰尘的旧靴子"

这回有点太不像话了。"

"还在找你的靴子?"

"是啊,先生,非找着不可。"

"可你不是说是只棕色的新靴子吗?"

"本来是的,先生。可现在是一只黑色的旧靴子。"

"什么!你该不是说……?"

"我就是这个意思。我总共就三双靴子——一双棕色的新靴子、一双黑色的旧靴子,还有我脚上的这双漆皮靴子。昨晚有人拿走了一只棕色的靴子,今天又偷了一只黑色的。喂,找着没有?倒是说话呀,伙计,别光站在那儿干瞪眼!"

赶来的是个焦灼不安的德国侍应生。

"没有,先生;里里外外都问过了,可一点消息也没打听到。"

"听好了,要么太阳下山前把那只靴子找回来,要么我就去找你们经理,告诉他我立马退房。"

"一定能找到,先生——请您耐心等一等,我向您保证,肯定能找回来。"

"务必给我找回来,我可不想在这个贼窝里再丢东西了。哎呀,福尔摩斯先生,请原谅我为了这么点鸡毛蒜皮的事劳您费心……"

"我觉得这事很值得费点心。"

"哦,你好像把这事看得很严重。"

"你觉得是怎么回事?"

"我都懒得去想是怎么回事。这好像是我碰到过的最最气人、最最古怪的事了。"

"最古怪也许算得上……"福尔摩斯若有所思地说道。

"那你看出什么来了?"

"唔,我还不敢妄称把这事弄明白了。你的这件案子很复杂,亨利爵士。再跟你伯父的死联系起来看,在我办过的五百宗重大案件里,我不敢说有哪宗能像这般扑朔迷离。不过,我们手里掌握着几条线索,可能会有那么一条能引导我们揭开真相。也许会走些弯路,浪费点时间,但迟早会发现那条正确的线索的。"

我们愉快地共进了午餐,席间没怎么提起把我们四人聚到一起的那桩案子。饭后我们一道去了私人会客厅,到了那儿,福尔摩斯才问起巴斯克维尔接下来怎么打算。

"打算去巴斯克维尔府。"

"什么时候?"

"这周末。"

"大体说来,"福尔摩斯说,"我认为你的决定是明智的。有充分的证据表明你在伦敦被人盯上了,在这个大城市的茫茫人海之中,很难弄清楚那人是谁,其目的究竟又是什么。如果此人居心不良,就有可能对你下手,到时候我们将无力制止。你还不知道吧，莫蒂默医生，上午你俩刚离开我家就被人跟踪了。"

莫蒂默医生猛地一惊。"跟踪！被谁跟踪？"

"很遗憾，这我还没法回答你。你在达特穆尔的邻居或认识的人当中，有谁留着一脸黑色大胡子吗？"

"没有——等等，让我想想——啊，对了。巴里莫尔，查尔斯爵士的管家，他有一脸黑色的络腮胡子。"

"哈！这个巴里莫尔人在哪里？"

"他在照管府邸。"

"最好确认一下他是否真的在府里，没准儿他正在伦敦呢。"

"怎么确认？"

"给我一张电报纸。'都替亨利爵士准备停当了吗？'这样就行了。发到巴斯克维尔府，交巴里莫尔先生收。离府邸最近的电报局在哪儿？戈庚穆盆吗？很好，再给戈庚穆盆邮电所所长发一封电报：'发给巴里莫尔先生的电报须本人亲收。如本人不在，请回电通知诺森伯兰旅馆亨利·巴斯克维尔爵士。'这样就能在傍晚前知道巴里莫尔是不是在德文郡看家了。"

"确实可行。"巴斯克维尔说，"对了，莫蒂默医生，这个巴里莫尔到底是什么来头？"

"他父亲是原来的老管家，已经去世了。他们家照看巴斯克维尔府至今已是第四代了。就我所知，他和他妻子人都很正派，不比郡里的任何一对夫妻差。"

"不过,"巴斯克维尔说,"有一点十分明显:只要府里一个我们家的人都没有,这些人就能舒舒服服地住在里头,还能落得清闲。"

"那倒也是。"

"巴里莫尔从查尔斯爵士的遗嘱里分到什么好处了吗?"福尔摩斯问。

"他和他妻子各得五百英镑。"

"哈!他们知道自己会得到这笔钱吗?"

"知道。查尔斯爵士很喜欢跟人谈论他遗嘱的内容。"

"这倒很有意思。"

"我希望,"莫蒂默医生说,"你不要用怀疑的眼光看待每一个受查尔斯爵士遗赠的人,他可也给我留了一千英镑呢。"

"是吗!还有谁?"

"有很多笔小额遗赠,留给了一些个人,还捐给了大量公共慈善机构,剩余遗产都归亨利爵士。"

"剩余多少?"

"七十四万英镑。"

福尔摩斯惊奇地挑起眉毛。"没想到牵涉到这么大一笔巨款。"他说。

"查尔斯爵士有钱是出了名的,不过我们也是后来查他证券时才知道他多有钱的。他的遗产总价值接近一百万英镑。"

"天哪！就冲这么一大笔钱，也会有人孤注一掷地赌上一把的。还有一个问题，莫蒂默医生。假设我们这位年轻的朋友遭遇不测——这个假设你听了千万别不高兴！——继承这笔遗产的会是谁？"

"查尔斯爵士的三弟罗杰死的时候仍是独身，所以遗产会传给远方表亲德斯蒙德家的人，也就是詹姆斯·德斯蒙德，一位上了年纪的牧师，住在威斯特摩兰郡。"

"谢谢。这些细节都非常重要。你见过詹姆斯·德斯蒙德先生吗？"

"见过，他曾经南下来看望过查尔斯爵士。他看起来德高望重，过着圣徒般的生活。我记得查尔斯爵士硬要分财产给他，但他一分钱也不肯要。"

"而这么一个清心寡欲之人却有可能继承查尔斯爵士的万贯家产。"

"他能继承产业，因为他有不动产的限嗣继承权。他也能继承钱财，除非现在的财产所有者另立遗嘱——所有者当然有权随意处置。"

"你立过遗嘱吗，亨利爵士？"

"没有，福尔摩斯先生，还没立过。我昨天才得知事情的来龙去脉，根本没工夫。但无论如何，我觉得钱财不应该跟爵位与产业分割开来。我那位已故的伯父是这么主张的。财产所有者没有足够的钱财来维持家业,要怎么让巴斯克维尔家族恢复昔日的辉煌呢?房子、地皮和票子必须捆在一块儿传下去。"

"所言极是。对了,亨利爵士,我跟你看法一致,认为你最好赶快下乡去德文郡。只有一件事我必须预先安排好——你断断不可只身前往。"

"莫蒂默医生与我一道回去。"

"可莫蒂默医生有自己的医务工作要处理,住得也离你家有好几英里远,想帮你怕是心有余而力不足。这可不行,亨利爵士,必须再带上一个人,这个人要靠得住,还要寸步不离地守在你身边。"

"能不能请你亲自去,福尔摩斯先生?"

"事情若到了危急关头,我会尽可能亲自出马;但你应该也能理解,我的咨询业务很广泛,经常有来自多方的求助,我不可能说不清什么时候回来就离开伦敦。眼下,英格兰有位最受尊崇的头面人物正被某个敲诈者败坏名声,只有我能阻止这桩灾难性的丑闻。这下你总该明白让我去达特穆尔是多么不现实了吧。"

"那你推荐谁去?"

福尔摩斯把手搭在我胳膊上。"如果我这位同伴肯担此重任,一旦你身处险境,要挑一个人守在你身边,便绝对没有比他更好的人选了。这话我说得比谁都有把握。"

他这个提议弄得我措手不及,我还没来得及回应,巴斯克维尔便一把抓住我的手,劲道十足地紧紧攥着。

"哎呀,太感谢你了,华生医生。"他说,"你了解我是什么样的情况,对这件事知道的也不比我少。请你到巴斯克维尔府去陪我渡过难关,这份恩情我将没齿不忘。"

"他这个提议弄得我措手不及"

每次想到要去冒险,我就来劲,更何况先是福尔摩斯夸了我一番,再是准男爵殷切地尊我为患难之交,让我感到受宠若惊。

"我很乐意去。"我说,"我想不出什么更好的地方值得我把时间花在上面了。"

"你还得非常详细地向我汇报。"福尔摩斯说,"碰到危急关头——早晚会碰到的——我会指示你如何行动。星期六应该一切都能准备停当吧?"

"华生医生方便吗?"

"没问题。"

"那好,如你未收到另外的通知,星期六我们就在车站碰头,坐从帕丁顿开来的十点半那趟车走。"

我们起身正准备离开,这时巴斯克维尔突然雀跃地叫了一声,扑向房间里的一个角落,从一个柜子下面拖出一只棕色的靴子。

"是我那只丢了的靴子!"他叫道。

"但愿我们遇到的困难都能这样轻易地突然化解!"夏洛克·福尔摩斯说。

"可这事怪得很,"莫蒂默医生说,"午餐前我仔细搜过这个房间。"

"我也是,"巴斯克维尔说,"都翻了个遍。"

"当时房间里肯定没有靴子。"

"这么说的话,肯定是侍应生在我们用午餐时放那儿的。"

那个德国人被叫来了,但声称对此一无所知,问来问去也问不出个究竟。看似毫无意义的小小的谜一个紧接着一个不断冒出来,如今这一连串上又多了一个。撇开查尔斯爵士惨死这一整件可怕的事不谈,短短两天时间,就发生了一系列莫名其妙的怪事：收到那封铅印字拼贴而成的信，双轮马车里一脸黑胡子的那个盯梢人，丢失一只棕色的新靴子，又丢失一只黑色的旧靴子，以及现在这只棕色的新靴子失而复得。我俩坐马车回贝克街的路上，福尔摩斯沉默不语。我从他皱起的眉头和敏锐的表情上看出来，他跟我一样，正忙着绞尽脑汁想理出个头绪，把这么些奇怪又看似互不相干的事件给一个个串起来。整个下午，他都坐在那儿，沉浸在烟草和思索之中，直至夜幕降临。

我们刚要吃晚饭，就送来了两封电报。第一封的内容是：

刚获悉巴里莫尔人在府里。

巴斯克维尔

第二封则是：

按指示去了二十三家旅馆，未能找到剪过的《泰晤士报》，抱歉。

卡特赖特

"我的两条线索就这么断了，华生。再没有什么比处处不顺的案子更刺激的了。我们得动脑筋找别的线索了。"

"不是还有那个给盯梢人赶车的车夫嘛。"

"正是。我已经打电报去执照登记处查他的姓名和住址了。

如果这次来的是回复我查问的电报，我也不会觉得奇怪。"

然而结果证明，门铃声带来的比回电还要令人满意：只见房门打开，进来了一个长相粗犷的汉子，一看就知道是那车夫本人。

"我接到总部来的信儿，说住这儿的一个先生要找2704号马车的车夫。"他说，"我赶出租马车赶了七年，还从来没听到客人有过半句怨言。我从车场直接到这儿来，就是想当面问问，您对我有什么不满意的地方。"

"我对你绝对没有丝毫不满，老兄。"福尔摩斯说，"相反，我这儿有半镑金币给你，麻烦你明确回答我的几个问题。"

"哟，我今儿可真是赶上好日子啦。"车夫咧嘴笑了笑说，"您要问的是啥事儿来着，先生？"

"先说你的姓名和住址，说不定我还要找你。"

"约翰·克莱顿，住市镇区特皮街3号。我的车是希普利车场那儿出来拉客的，就在滑铁卢车站附近。"

夏洛克·福尔摩斯记了下来。

"好，克莱顿，今天上午十点有人坐你的马车来这儿监视这栋房子，后来又跟踪那两位先生沿摄政街而去，把那个乘客的情况都告诉我。"

那人看样子吃了一惊，又有点尴尬。"嗨，我用不着多说什么了吧，您知道的好像已经不比我少了嘛。"他说，"事情其实是这样的，那个先生跟我说他是侦探，说他的事儿我跟谁都不得提半个字。"

"我的好伙计，此事关系重大，你要是有什么想瞒着我，你会发现自己落不着什么好处。你说你那个乘客跟你说他是侦探?"

"对啊，他是这么说来着。"

"什么时候说的?"

"下车走的时候。"

"还说别的什么了吗?"

"提到了他的名字。"

福尔摩斯朝我飞快地递了个得意的眼色。"哦，他提到了他的名字，是吗？这也太不当心了。他说他叫什么?"

"他的名字，"车夫说，"叫夏洛克·福尔摩斯。"

车夫的回答把我这位同伴吓了一大跳，他如此震惊的模样我还是头一回见。有那么一会儿，他坐在那儿，惊愕得说不出话来。随后，他突然纵声大笑。

"中了，华生，不可否认给刺中了一下!"① 他说，"我感觉到一柄轻剑②，跟我自己的这把一样轻巧又灵活。上回就要了我

---

① 典出《哈姆雷特》第五幕第二场的比剑片段：中了，很明显中了一剑；碰着了，我承认确实给刺中了一下。
② 击剑用的未开刃的圆头剑，也称"钝剑"，比剑时只有剑尖刺中有效，剑身劈中无效。与哈姆雷特比剑的雷欧提斯用的是一把剑头沾了致命毒药的开刃尖头剑。

"'他的名字,'车夫说,'叫夏洛克·福尔摩斯。'"

的好看。这么说,他名叫夏洛克·福尔摩斯,对吗?"

"对,先生,那位先生就叫这个名字。"

"好极了!告诉我,你在哪儿让他搭的车,后来都发生了些什么。"

"九点半的时候,他在特拉法尔加广场招呼了我的车。他说他是侦探,提出来只要我一整天都照他说的做,啥也别问,就给我两个几尼。我巴不得哩,就答应了。我们先去了诺森伯兰旅馆,在那儿一直等到两位先生出来。他们从候客处搭上了辆马车，我们就跟在他们的车后面，直到那车停在这儿附近的什么地方。"

"就在这个门口。"福尔摩斯说。

"哟，这我可吃不准了，但坐我车的那位客人大概啥都知道。我们停在街的半道上，等了一个半钟头。后来那两位先生从我们旁边经过，是走过去的，我们就跟在后面，先沿着贝克街，又顺着……"

"这我知道。"福尔摩斯说。

"一直到我们过了大半条摄政街，这时那位先生猛地掀开车顶的活板门，嚷嚷着叫我立马赶车去滑铁卢车站，能多快就多快。我抽着鞭子赶马，不到十分钟就赶到了那儿。接着他说话算数，把他说好的两个几尼付给了我，就进车站里去了。就在他正要走的时候，又转过身来说：'这一路搭你车的人叫夏洛克·福尔摩斯，你知道了说不定会感兴趣。'我就是这样知道这个名字的。"

"明白了。后来你再也没见过他？"

"他进车站后就再也没见过。"

"那说说看，这位夏洛克·福尔摩斯先生长什么样？"

车夫挠了挠头。"哎哟，要说清楚这位先生长什么样可没那么容易。我估计他有四十岁光景，中等个子，比您矮个两三英寸，先生。他穿得像个阔少，一脸黑胡子，末梢修剪得很齐整，白净面皮。我想我说不出别的什么来了。"

"眼睛什么颜色？"

"不知道，说不上来。"

"还记得别的什么吗？"

"没了，先生，就这些了。"

"那好吧，这是给你的半镑金币。你要是还能想起什么来，就再给你一枚。晚安！"

"晚安，先生，谢谢您嘞！"

约翰·克莱顿轻声地暗自笑着离开了。福尔摩斯转向我，耸了耸肩，惨然一笑。

"第三条线索就这么啪地断了，我们又回到了起点。"他说，"这个狡猾的家伙！他摸透了我们的底细，知道亨利·巴斯克维尔爵士来向我咨询，在摄政街上认出了我，猜到我记下了马车的车牌号并会找到那个车夫，于是嚣张地回了这么个信儿。我可以告诉你，华生，这回我们真是棋逢对手了。我在伦敦玉棋已被将死，只能盼着你在德文郡运气好点。可我还是不放心。"

"不放心什么？"

"不放心派你去。这事很讨厌，华生，讨厌又凶险，我越看越不对劲。哎呀，我亲爱的伙计，你可能会笑话我，但我跟你说实在话，只要你能平平安安回到贝克街，我就很高兴了。"

第六章
巴斯克维尔府

到了约定的这一天,亨利·巴斯克维尔爵士和莫蒂默医生已准备停当,我们按计划动身前往德文郡。夏洛克·福尔摩斯先生陪我一道坐马车去火车站,临别时最后对我叮咛了几句,嘱咐了一番。

"我不想提出我的推测或怀疑,以免影响你的想法,华生。"他说,"我希望你最详尽不过地向我汇报情况,光是这样就行了,推理的事可以交给我来办。"

"哪方面的情况?"我问。

"看起来可能跟案子有关的,哪怕再怎么没有直接关系,都要告诉我,尤其是小巴斯克维尔与邻里之间的来往,或是有关查尔斯爵士之死的任何新细节。这几天我自己也做了些调查,但结果恐怕并不乐观。只有一件事看来是肯定的,就是那个下一顺位继承人詹姆斯·德斯蒙德是个上了年纪、性情随和的正人君子,这种毒手不会是他下的。我真的觉得可以完全排除他的嫌疑。剩下的无非是沼地上实实在在围绕在亨利·巴斯克维尔爵士身边的那些人。"

"先把巴里莫尔这夫妻俩打发走，这样不是最好吗？"

"断断使不得，否则就大错特错了。如果他们是清白的，这样做就残酷无情地冤枉了人家；如果他们有罪，这样做可就等于要彻底放弃证实其有罪的机会。不，不行，要把他们留在嫌疑人名单上。另外，我没记错的话，还有府里的一个马夫；有两个沼地上的农场主；有我们那位朋友莫蒂默医生，我相信他说的全是真话，还有他的妻子，我们对她一无所知；有那个博物学家斯特普尔顿，还有他的妹妹，据说她是位迷人的小姐；有拉夫特府的弗兰克兰先生，我们对他也不了解，还有几个别的邻居。这些人你必须重点调查。"

"我会尽力的。"

"你带武器了吧？"

"带了，我想着还是带上的好。"

"当然要带上。你的左轮手枪日夜都不要离身，一刻也不能放松警惕。"

我们的两位朋友已经订下了头等车厢的座位，正在站台上等我们。

"没有，什么新情况也没有。"莫蒂默医生回答我同伴的提问时说，"有一点我可以肯定：这两天没人盯我们的梢。只要我们出门，都会密切观察周围，有人盯梢的话，我们肯定能注意到。"

"我们的两位朋友已经订下了头等车厢的座位"

"你们二位应该没分开过吧？"

"除了昨天下午。我到伦敦来，通常会腾出一天时间只消遣不干别的，于是昨天去了外科医学院博物馆。"

"我就到公园里去转了转，瞧瞧热闹。"巴斯克维尔说。

"不过我们什么麻烦也没遇上。"

"尽管如此,这么做未免考虑欠周。"福尔摩斯说着,表情非常严肃地摇了摇头,"我请求你,亨利爵士,切莫独自一人四处走动,否则将有大祸临头。找到另一只靴子了吗?"

"没有,先生,再也没找着。"

"哎呀,这可真有意思。那就这样,再会。"火车开始平稳地驶出站台时,他又补了一句,"亨利爵士,莫蒂默医生念给我们听的那个怪异的古老传说里有一句警语你要记住:切莫在邪恶势力猖獗的黑暗时分走上那片沼地。"

站台被我们远远抛在了身后,我回头望去,只见福尔摩斯那高高的、凛然的身影纹丝不动地站在那里目送着我们远去。

这趟旅程迅速又愉快,一路上我跟两位旅伴熟络了起来,还逗弄着莫蒂默医生的西班牙猎犬。没过几个小时,棕色的大地就变成了暗红色,砖房也换成了花岗岩建筑,红褐色的牛群在用树篱围得很严实的牧场里吃草,葱茏的牧草和比别处更茂密的植被表明这里的气候尽管潮湿了些,却也比别的地方更滋润。小巴斯克维尔热切地凝视着窗外,他一认出那熟悉的德文郡风光特色,就高兴得叫出声来。

"我离开这儿以后去过世界上好多地方,华生医生,"他说,"可我还没见过哪个地方能跟这儿媲美。"

"我还没见过哪个德文郡人不夸德文郡好的。"我回了一句。

"这不光是因为德文郡本身就好,还少不了德文郡人的人种特征起了作用。"莫蒂默医生说,"瞧一眼我们这位朋友,就会发现他长着凯尔特人的圆形头颅,里头装着凯尔特人的狂热和强烈的忠诚之情。不幸的查尔斯爵士的头颅则属于非常罕见的类型,兼具盖尔人和艾弗尼人①的特征。你上次见到巴斯克维尔府的时候年纪还很小,对吧?"

"我父亲去世那会儿,我还是个十几岁的孩子,他当时住在南部海岸的一所小村舍里,所以我从来没见过那府邸。我父亲去世后,我就直接到美洲投奔那儿的一个朋友去了。我可以肯定地告诉你,这一切对华生医生有多新鲜,对我就有多新鲜,我可迫不及待想一睹那片沼地了呢。"

"是吗?那你的愿望轻易就能实现了,喏,你就这么第一次见到沼地了。"莫蒂默医生说着指向车厢的窗外。

越过一方方绿油油的田野和一排连成弧形的低矮树林,远处隆起一片灰暗而苍凉的山丘,山顶呈怪异的锯齿状,远远望去,影影绰绰、朦朦胧胧,宛如梦境中才有的某种奇观异景。巴斯克维尔坐在那儿,定定地凝望了许久,我从他热切的神情中看出来,第一次见到那片陌生的土地,见到他先辈统治了如此之久,留下了如此之深的烙印的地方,这对他的触动有多大。他身上穿着粗花呢套装,说话的时候带着美洲腔,就这么坐在一节不起眼

---

① 盖尔人,苏格兰、爱尔兰或马恩岛的凯尔特人,尤指世居苏格兰高地的凯尔特人;艾弗尼人,原始爱尔兰人。

的火车车厢的角落里，然而看着他那张黝黑而富于表情的面孔，我感觉他就是那个世代相承高贵血统、火爆脾气和强势作风的家族如假包换的后裔，这种感觉从未如此强烈。他浓密的眉毛、灵敏的鼻孔和浅褐色的大眼睛透着傲气、勇武和力量。万一我们在那片令人生畏的沼地上面临一场艰险的探索，这起码是一位让你敢于为其冒险的战友，可以肯定他会英勇无畏地与你共患难。

火车停靠在路边的一个小站上，我们都下了车。在白色矮篱笆的那一边，两匹短腿壮马拉的四轮轻便游览马车正等在车站外。我们的到来显然是这里的一桩大事，站长和脚夫纷纷围上前来帮我们把行李拿出去。这是一处舒适又简朴的乡下地方，但我注意到，车站门口站着两名身穿深色制服的士兵模样的男子，这让我很诧异。他们倚着撑在地上的短步枪，在我们走过去的时候，警惕地朝我们扫了一眼。马车夫是个小个子，表情刻板，一副饱经风霜的模样，他向亨利·巴斯克维尔爵士行了个礼。不一会儿，我们就在坐着马车沿灰白色的大路飞驰而去了。起伏的牧草地在大路的两旁呈曲线向上伸展，茂密的绿叶丛中隐约可见一栋栋有山墙的老房子；然而，在这沐浴在阳光里的宁静的乡村后方，永远隆起着连绵而幽暗的沼地，在傍晚的天空的映衬下显得黑魆魆的，弧形的沼地上兀然突起一座座嶙峋怪状的险恶山丘。

马车拐入一条岔道，顺着几个世纪以来被车轮轧出来的一道道深深的车辙蜿蜒而上；道路两旁是高高隆起的土埂，上面长满了湿漉漉的苔藓和柔软肥厚的鹿舌蕨。古铜色的欧洲蕨和斑驳的带刺黑莓灌木在落日的余晖下闪闪发亮。马车仍在平稳地往上走,越过一座狭窄的花岗岩石桥,又傍着一条哗哗作响的小溪行驶;湍急的溪流喷涌而下,在灰色的巨砾间咆哮奔腾,激起白沫。小路和溪流都弯弯曲曲地穿过矮栎和冷杉密布的山谷蜿蜒向上。每拐一个弯,巴斯克维尔就高兴地惊叹起来,热切地四下张望,没完没了地问这问那。在他眼里,这里的一切都是美丽的,而在我眼里,这片乡村透着几分悲凉肃杀之气,十分清晰地带有岁暮残年的印记。黄叶厚厚地铺在车道上,我们经过时还飘落在我们身上。马车驶过一堆堆吹积起来的腐烂的枯叶,辚辚的车轮声渐渐消逝了——在我看来,这一堆堆枯叶是上天抛撒在巴斯克维尔家族继承人还乡之驾前表达悲悯的不祥之礼。

"嗬!"莫蒂默医生叫了起来,"这是怎么了?"

一片被欧石楠覆盖的陡坡展现在我们面前,这是沼地边缘向外突出来的一块坡地。坡顶上有个骑在马上的士兵,轮廓刻板而分明,仿佛一尊固定在基座上的骑士雕像,黑色的身影显得很冷峻;他把步枪稳稳搁在前臂上,摆出随时准备射击的姿势。他正监视着我们行进的这条路。

"这是怎么回事,珀金斯?"莫蒂默医生问。

车夫在座位上侧过身来。"王子镇那儿有个犯人越狱啦,先生。已经逃出来三天了,每条路和每个车站都有狱吏蹲守,可连他的影儿都还没见着。这一带的农户都糟心着呢,先生,真的是这样。"

"哦,我可是听说他们能提供线索的话,就能领到五镑赏金呢。"

"话是这么说,先生,但为了领五镑赏金,要冒被割断喉管的风险,这么一比,可就太不值当了。要知道,这可不是什么一般的犯人,这人什么都干得出来。"

"那他是什么人?"

"他就是塞尔登,那个诺丁山杀人犯。"

这个案子我记得很清楚,此案因罪行的凶恶程度之罕见,凶手的作案过程自始至终体现的残暴行径之肆无忌惮,曾引起过福尔摩斯的关注。后来之所以免除死刑,予以减刑,是因为他的犯罪手段过于凶残,让人对其精神是否健全有所怀疑。马车这时已经爬上了坡顶,我们面前隆起广阔的沼地,堆石和岩冈东一处西一处,嶙峋怪状,奇峻突兀,一派斑驳陆离的景象。一阵寒风从沼地上刮过来,冻得我们直哆嗦。在那荒凉的旷野上,就在那儿的什么地方,潜藏着这个恶魔般的人,像野兽一样躲在洞穴里,内心对摒弃他的全人类充满了恶意。光秃秃的荒地、冷飕飕的寒风、渐渐暗下来的天色,只消再加上这个逃犯,便尽显沼地的阴森可怖。就连巴斯克维尔都不出声了,他扯了扯大衣,把自己裹得更严实了。

此时,我们已经把那片乡间沃土抛在了身后,到了高处。回头望去,夕阳斜照,溪流化作缕缕金丝,刚翻耕过的红色土壤和纵横交错的宽广林地闪着光芒。前方的道路穿过大片大片赤褐色和橄榄色的坡地,坡地上巨砾星罗棋布,越往前越萧瑟荒凉。我们时而经过一间间沼地村舍,墙和屋顶都用石头砌成,没有一株攀缘植物来修饰其粗陋的轮廓。突然,我们看到前方凹进去一片杯状洼地,里面填补着生长不良的低矮的橡树和冷杉,这些树多少年来受狂风暴雨侵袭,早已变得弯曲畸形。两座又高又窄的塔楼从树丛上方冒了出来。车夫用鞭子朝那边指了指。

"巴斯克维尔府到了。"他说。

府邸的主人这时已经站起身来,双颊泛红,双眸炯炯,正注视着那里。没过几分钟,我们就已到了门房边的大门口。熟铁大门上铁条交错,图案怪异,形似迷宫,两侧门柱饱受风雨侵蚀,粘着一块块地衣,门柱顶端各立着一个象征巴斯克维尔家族的野猪头雕塑。门房是用黑色花岗岩砌成的,肋骨状的橡条裸露在外面,已破败不堪;而就在残垣断壁的对面,有一栋新建筑,刚建成一半,正是查尔斯爵士从南非赚来的黄金结出的第一项成果。

马车穿过大门,驶入林荫道,车轮从落叶中碾过,再次安静了下来;老树在我们头顶上伸出枝丫,交织成一条幽暗的通道。巴斯克维尔顺着又长又暗的车道望去,只见在路的那一头,那宅子如幽灵般忽明忽暗地闪着微光,他不禁打了个寒战。

"就是在这边出的事吗?"他压低嗓子问道。

"不,不是这边,紫杉小径在另一边。"

"车夫用鞭子朝那边指了指——'巴斯克维尔府到了。'"

年轻的继承人脸色阴郁地四下扫了一眼。

"这么个鬼地方,怪不得伯父会有灾祸临头的感觉。"他说,"这地方谁来了都能给吓倒。不出半年,我要沿这条道拉一排电灯,就在房子这正门前再安上一千烛光的斯旺爱迪生联合牌灯泡,到时候这地方就会叫人认不出来了。"

林荫道通向一片开阔的草皮，宅子展现在我们面前。在渐渐暗淡的暮色中，可以看到正当中是一幢又大又坚实的楼房，房前伸出来一条门廊。房子的正面外墙上爬满了常春藤，有窗户和盾徽的地方被修剪得光秃秃的，东一块西一块地从黑色的面纱后面露了出来。就在这中央主楼上耸起一对古老的塔楼，雉堞状的塔墙上开了许多瞭望孔。塔楼的左右两侧各有一座样式较新的黑色花岗岩翼楼。厚实的直棂窗里透出昏暗的光，陡斜的屋顶上高耸着一根根烟囱，里头冒出来一炷黑烟。

"'欢迎您，亨利爵士！'"

"欢迎您，亨利爵士！欢迎到巴斯克维尔府来！"

一个高个子男人从门廊的阴影处走上前来，打开了马车的门。门厅处的黄色灯光映衬出一个女人的身影。她走出来，帮着那个男人把我们的行李往下拿。

"你不介意我直接坐车回家吧，亨利爵士？"莫蒂默医生说，"我太太在等我。"

"你总得留下来吃个饭吧？"

"不了，我得走了。说不定回去还有活儿等着我干呢。我倒很想留下来领你在府上先兜一圈，不过巴里莫尔当向导准要当得比我好。再见，有什么我能效劳的地方，不管白天还是夜里，只管差人去叫我。"

车轮声沿着车道渐渐远去，我和亨利爵士转身进入大厅，正门在我们身后咣的一声重重地关上了。我们来到的是一间雅致而宽敞的房间，房顶很高，密密地排着一根根粗大的方柱形橡木椽子，那橡木因年代久远而发了黑。高高的铁制薪架后面，柴火在巨大的老式壁炉里烧得噼啪作响。我和亨利爵士把手伸过去取暖，坐马车赶了这么远的路，我们都冻僵了。接着，我们环顾四周，打量着镶有古旧彩色玻璃的狭长的窗户、橡木镶板、墙上挂着的一个个雄鹿头和家族盾徽；大厅的中央吊灯幽幽地照着，周围这一切都显得昏暗而阴沉。

"跟我想象中的一个样，"亨利爵士说，"不正是古老的祖宅应有的那种景象吗？想想看，这竟是我的祖祖辈辈生活了五百年的地方，就在这个厅堂里。一想到这儿，我就肃然起敬。"

我看出来，他朝四下里张望时，那黝黑的脸庞一下子焕发光彩，浮现出男孩般的热情来。他站着的地方虽然有灯光从上面照在他身上，但四周长长的影子顺着墙面拖下来，就像一个黑色的华盖罩在他上方。巴里莫尔把我们的行李送到各自的房间后回到了大厅，此刻正毕恭毕敬站在我们面前，一副受过严格训练的仆人那种听候吩咐的模样。这是个仪表不凡的男子，高大英俊，黑色的络腮胡子修剪得很平整，面色白皙，相貌出众。

"您要现在就用餐吗，先生？"

"饭好了吗？"

"一会儿就好，先生。您二位的房间里都备了热水。亨利爵士，在您作出新的安排之前，我和我妻子很乐意留下来侍候您。但您也要明白，如今情况有变，府上需要相当数量的人手。"

"什么情况有变？"

"先生，我只是想说，查尔斯爵士喜欢闭门索居，他一个人的生活起居我们还能照料得过来。而您自然希望身边人多热闹一些，所以家里的人员需要调整。"

"你是说，你和你妻子想走？"

"得等您觉得比较合适的时候才行，先生。"

"可是你们家跟着我们家都跟了好几代人了，对吧？我刚来这儿住就打破两个家族由来已久的联系,我心里会过意不去的。"

我好像觉察到管家白皙的脸上掠过些许激动的神色。

"我也觉得过意不去,先生,我妻子也是。但不瞒您说,先生,我们夫妻俩跟查尔斯爵士朝夕相处了这么久,对他有非常深的感情,他的死对我们打击很大,再看周遭的这些东西就会很伤心。恐怕我们再也没法安心地在巴斯克维尔府待下去了。"

"那你们打算去做什么呢?"

"先生,我们做点生意的话,应该能站稳脚跟,我对此确信无疑。查尔斯爵士很慷慨,给我们留了足够的本钱。好了,先生,接下来我还是带二位去各自的房间吧。"

古老大厅的上层是一圈装有栏杆的四方形回廊,通过一道双分式楼梯从两侧上去。从宅子的这个中心位置延伸出两条长长的走廊,贯穿整幢楼房,卧室的门都从这两条走廊上开进去。我的卧室和巴斯克维尔在同一侧,几乎是挨着的。这些房间看起来比宅子的中央部分要新式得多;壁纸鲜亮,又点了许多蜡烛,把我们刚到时在我心中留下的阴郁的印象多多少少冲淡了一些。

然而,与大厅相通的餐厅却是个幽冥晦暗的地方。这是一间长条形的屋子,一级台阶分出高低两个部分,主人家坐在高台上用餐,低处是留给寄其篱下的仆从的。餐厅的一头有个供豪门艺人演出用的廊台,可以俯瞰整个餐厅。一根根黑黢黢的木梁横在我们头顶上方,再往上是被油烟熏黑的天花板。若是点上一排排摇曳的熊熊火炬来照亮这间屋子，再摆上一场有声有色、不拘礼节、嬉笑欢闹的老式宴会，兴许还能让这里头显得没那么阴森。可眼下，两个身穿黑衣的绅士坐在一个带罩的吊灯投射下来的一小圈亮光里，说话的声音压低了，情绪也压抑了下来。墙上是历代祖先昏暗的画像，他们身穿各式各样的服装，从伊丽莎白时代的骑士到摄政时期的纨绔子弟，排成一溜在上面盯着我们，一声不吭地待在我们身边，怪瘆人的。我俩没怎么说话，就拿我自己来说，用餐结束时，起码我是松了口气的，总算能躲到时新的弹子房里去抽上一支烟了。

"餐厅却是个幽冥晦暗的地方"

"说实在的,这地方不太让人提得起劲儿来。"亨利爵士说,"我觉得应该能慢慢适应过来,但目前我总感觉有些不自在。我伯父孤零零一个人守着这么一所宅子,难怪会有点神经兮兮的。你要是方便的话,我们今晚还是早点休息吧。也许到了明天早上,这一切看起来可能就没那么令人压抑了。"

上床睡觉前,我把窗帘拉到一边,从窗前向外望去。窗户朝着正门前长满草的空地。草地的那边,两丛矮树在越刮越猛的风中摇摆着发出凄切的呻吟声。云朵疾行,云罅里钻出半个月亮来。在清冷的月光下,我看见树丛的后面是一条断断续续的岩石带,还有那低缓连绵、悲凉萧瑟的沼地。我拉上窗帘,觉得今晚这最后的印象跟先前的没什么两样。

然而,这还不能算是最后的印象。我发现自己虽然很疲倦,却又难以入眠,我辗转反侧,想要入睡,可就是睡不着。远处的自鸣钟每隔一刻钟敲响,除此以外,老宅里一片死寂。到了夜静更深之时,突然,一阵声音传入我的耳中,清晰而低沉地回响着,绝对不会听错。是一个女人的啜泣声,就是那种强压着的、哽咽的抽搭声,像是因伤心得不能自已而肝肠寸断。我在床上坐起身来,竖起耳朵去听。哭声不可能离得很远,肯定就在这座宅子里。我绷紧每一根神经,等了足足半个小时,可除了时钟的报时声和墙外常春藤的窸窣声,再也没听到一点别的声响。

第七章
美悦皮地府宅的斯特普尔顿家

第二天早晨,天气清新明媚,把我们初到巴斯克维尔府时心里头留下的那种阴郁又昏暗的印象多多少少抹去了一些。我和亨利爵士坐着用早餐的时候,阳光透过高高的直棂窗洒了进来,通过覆盖着窗玻璃的盾形纹章,投射出一块块色彩斑斓的淡淡的光片。深色的护墙板在金色光芒的照耀下如青铜般泛着光。很难相信,这里跟昨晚让我们内心感觉如此阴森的那个房间竟是同一个地方。

"看来问题不是出在这房子上,而是出在我们自己身上!"准男爵说道,"我们昨天旅途劳顿,坐马车的时候又冻着了,所以看这地方觉得阴森森的。而现在我们精力充沛,神清气爽,再看这里就觉得非常亮堂。"

"倒不光是错觉这么简单。"我回应道,"就拿一件事来说,昨天夜里你有没有听到什么人在哭?听着应该是个女人。"

"说来也怪,我迷迷糊糊半睡半醒的时候,确实感觉好像听到了什么哭声。我竖着耳朵等了好一会儿,可再也没听见,我便以为只是做了个梦。"

"我听得清清楚楚,我敢肯定确实是个女人在哭。"

"必须马上问问这事。"他打铃唤来巴里莫尔,问他能否解释我们听到的哭声是怎么回事。我感觉,在听主人问话的时候,管家本就苍白的面容变得更惨白了一些。

"房子里只有两个女人,亨利爵士,"他回答道,"一个是厨房里干粗活的女工,她睡在另一侧。还有一个是我的妻子,我可以保证,那声音绝对不是她发出来的。"

然而他这么说是在撒谎,早饭后我们碰巧在长廊上遇到了巴里莫尔太太,阳光把她的脸照得清清楚楚。她是个大块头,粗眉大眼,面无表情,紧抿着嘴,神情严峻。可是她两眼发红,从肿了的眼皮中间瞥了我一下,这双眼睛便露了馅。也就是说,昨天夜里就是她在哭;既然是她,那她的丈夫必定是知道的。可他明知很容易被戳穿,却还冒险一口咬定不是她。他为什么要这么做?她又为什么哭得这么伤心?这个面色白皙、留着黑胡子的英俊男子的身上,已然开始给人一种越来越强烈的神秘又阴暗的感觉。是他最先发现查尔斯爵士的尸体的,我们了解到的老人死亡前的所有情况,也只有他的一面之词。我们在摄政街的马车里看到的那个人,到头来会不会就是巴里莫尔?那胡子有可能就是他的。虽然按车夫说的，那人要矮一点，但身高这种东西很容易看走眼。我怎么才能彻底确认这一点呢？显然，首先就是要去见戈庆穆盆邮电所所长，查明那封用来试探的电报是否真的当面交给了巴里莫尔。不论结果如何，我好歹有东西可以向夏洛克·福尔摩斯汇报了。

早饭过后，亨利爵士有许多文件要过目，我正好可以趁这个时候出趟门。我沿着沼地的边缘走了四英里，一路上很惬意，最后来到了一个灰蒙蒙的小村庄，村里有两幢较大的建筑比其余的都要高出一大截，后来才知道，一幢是村客栈，另一幢是莫蒂默医生的住宅。邮电所所长也是开村里的食品杂货铺的，那封电报他记得很清楚。

"当然了，先生，"他说，"我派人完全按指示把电报送给巴里莫尔先生了。"

"谁送的？"

"我家这小子送的。詹姆斯，上个礼拜你把那封电报送到府上给巴里莫尔先生了，对吗？"

"是的，父亲，我送过去了。"

"交到他本人手里了吗？"我问。

"这个嘛，我去的时候他在阁楼上，所以我没法交到他本人手里，不过我给了巴里莫尔太太，她答应马上就送上去。"

"你看到巴里莫尔先生了吗？"

103

"没有，先生。我可以肯定，他当时在阁楼上。"

"你都没看到他，怎么知道他在阁楼上？"

"嗨，他在什么地方，他自己的老婆总不能不知道吧。"邮电所所长不耐烦地说道，"他没拿到电报吗？要是出了什么岔子，也该是巴里莫尔先生自己来投诉才对呀。"

看来是别指望再问出点什么来了；但有一点很显然，尽管福尔摩斯巧施一计，却还是未能证明巴里莫尔自始至终都没去过伦敦。假设他去过伦敦——假设这个最后见到查尔斯爵士活着的人，就是新继承人回到英格兰后最先尾随他的人，那又能说明什么呢？他是受人指使，还是自己心怀鬼胎？谋害巴斯克维尔家的人对他有什么好处？我想起了那封从《泰晤士报》社论上剪贴而成的奇怪的警告信。信是他写的？又或许是有人一心想阻止他的阴谋，所以写了那封信？唯一能让人想到的动机就是亨利爵士提出来的那种：把这家的主人吓跑了，巴里莫尔夫妇就能鸠僭鹊巢，在府里舒舒服服地一直住下去了。但这样的理由显然完全不足以解释这背后处心积虑、机关算尽的阴谋诡计，就好像围着年轻的准男爵织起一张无形的网。连福尔摩斯本人都说了，他经手了这么多耸人听闻的案子，还从来没碰上过比这更复杂的案子。我沿着灰暗又荒僻的村路往回走，心里祈祷着我的那位同伴快点从手头的操心事中解脱出来，能早些下乡来，把我肩上这重担给接过去。

突然，我身后传来跑动的脚步声，有个声音在喊我的名字，我的思绪就这样被打断了。我回过身去，以为是莫蒂默医生，不料追上来的竟是个陌生人。那是个瘦小的男人，胡子刮得光光的，脸上干干净净，亚麻色的头发，下巴瘦削，三十到四十岁的样子，身穿灰色西装，头戴草帽。他肩上挎着一只装植物标本的马口铁盒子，手里拿着一个绿色的捕蝶网。

"请您，千万要，恕我冒昧，华生医生。"他气喘吁吁地跑到我跟前，说道，"在这片沼地上，大家伙都亲切好客，不用等别

"不料追上来的竟是个陌生人"

人正式引见。你或许从我们都认识的朋友莫蒂默那儿听说过我的名字了。我叫斯特普尔顿,住在美悦皮地府宅。"

"看你那捕蝶网和标本盒,我都能猜出来你是谁了,"我说,"我早就听说,斯特普尔顿先生是位博物学家。可您是怎么认得我的?"

"我刚才在莫蒂默那儿跟他叙叙,你路过的时候,他从诊所的窗口指给我看了。正好我们俩同路,我就想着追上来介绍一下我自己。亨利爵士想必这一路下来没怎么样吧?"

"他很好,多谢关心。"

"查尔斯爵士不幸去世后,大家都挺担心的,怕新的准男爵不肯来这里住。让一个有钱的男人屈尊到这种地方来窝着,未免要求有些过分;但他能来的话,对这片乡村而言意义重大,这就不用我说了。亨利爵士在这件事上应该没什么忌讳吧?"

"我觉着不像。"

"想必你也知道一直纠缠着这个家族的魔犬的传说吧?"

"听说了。"

"这地方的农户什么都信,真是荒唐!他们当中不知道有多少人动不动就发誓说自己在沼地上见过这么一个怪物。"他说这话的时候脸上笑嘻嘻的,但我似乎从他的眼神里看出来,他对此没那么不当回事。"这传说让查尔斯爵士成天胡思乱想,肯定也是因此才最终酿成悲剧的。"

"何以见得？"

"他的神经绷得太紧，只要见到狗，都有可能对他患病的心脏造成致命的打击。我猜想，他在紫杉小径上的最后那个晚上确实看见了这么一个东西。我很喜欢那个老头，也知道他心脏不好，早就担心他会出什么事。"

"你怎么知道他心脏不好？"

"我的朋友莫蒂默告诉我的。"

"所以你觉得，那天晚上是有条狗在追查尔斯爵士，结果他受惊吓而死？"

"你还有什么更合理的解释吗？"

"我还没有作出任何推断。"

"那夏洛克·福尔摩斯先生呢？"

我听到这话大吃一惊，愣了一下，可我瞥了一眼身旁这位同行者，发现他脸色平静，目光镇定，看不出半点要叫我吃惊的意思。

"我们没必要装作不知道你是什么来头，华生医生。"他说，"你对你那位侦探朋友破案事迹的记述都传到我们这儿了，你颂扬他的丰功伟绩，自己也免不了为人所知。莫蒂默跟我说起你名字的时候，可瞒不住你的身份。既然你出现在这里，可见夏洛克·福尔摩斯先生本人正在关注此事，我便自然很想知道他怎么看。"

"这个问题恐怕我回答不了。"

"那冒昧地请问一下,他是否会屈驾亲临?"

"他眼下在伦敦脱不开身,有几桩别的案子要处理。"

"太遗憾了!他说不定可以点拨点拨,解一解我们眼中漆黑一团的谜,让我们心里亮堂一些。不过,在你自己的调查当中,但凡有什么用得着我的地方,希望你尽管吩咐。你有什么样的疑点,或者你打算如何调查这个案子,哪怕只对我透露一丁点,我或许现在就可以给你一些帮助或建议。"

"请你相信,我来这儿,不过是到亨利爵士家做客罢了,没什么需要帮忙的地方。"

"太对了!"斯特普尔顿说,"你这样小心谨慎地提防着完全是应当的。我觉得我刚才那样唐突毫无道理,是我不对,我保证不会再提此事。"

说话间,我们走到了一个岔路口,一条长满草的羊肠小道从大路上岔了出去,蜿蜒曲折地穿过沼地。右侧是一座陡峭的山丘,山上分布着星星点点的巨石,早年曾被开成花岗岩采石场。朝着我们的这面是黑森森的悬崖,崖壁上凹进去的地方长着蕨类植物和带刺黑莓灌木。远处一座小山冈的后面缓缓飘起一缕灰烟。

"顺着沼地上的这条小道再走不多远就到美悦皮地府宅了。"他说,"可否请您抽出个把钟头的时间,我很荣幸可以介绍您认识一下舍妹。"

我的第一反应是，我该回到亨利爵士身边了。可我又想起他书桌上堆得乱七八糟的文件和账单，这些东西我铁定是插不上手的。况且福尔摩斯特意嘱咐过，叫我仔细了解沼地上住在附近的这些人。我便接受了斯特普尔顿的邀请，跟他一同拐入了那条岔道。

"这地方真奇妙，我是说沼地。"他边说边环顾四周，朝着起伏的丘陵放眼望去，那丘陵好似连绵的绿色巨浪，嶙峋的花岗岩便是浪尖上泛起的奇形怪状的浪花，"这片沼地怎么看都看不厌。你想象不到里面藏着多么奇妙的秘密。它是如此辽阔，如此贫瘠，又如此神秘。"

"这么说，这一带你很熟悉？"

"我来这儿才两年。在本地居民眼里，我就是个新来的。我们搬来的时候，查尔斯爵士也才刚来此定居不久。但出于个人爱好，我勘察了这片乡村的每一寸土地，我想比我更熟悉这里的没几个人了。"

"这地方熟悉起来不容易吗？"

"很不容易。比方说吧，你瞧这儿以北，上面冒出来几座形状怪异的山丘的那一大片平地。你可看得出来有什么不寻常之处吗？"

"若是用来纵马驰骋，那倒是难得一见的好地方。"

"你会这么想很正常,而在此之前,这个想法已经让好几个人丢了性命。你看得到密密麻麻散布在上面的那些鲜绿色斑点吧?"

"看得到,看起来比边上别的地方要肥沃。"

斯特普尔顿笑了起来。"那可是戈戾穆盆大泥潭。"他说,"无论人还是兽,在那儿走错一步就没命了。就在昨天,我还看到一匹本地的矮种马①误入其中,再也没出来。我看见它从泥坑里探出头来,挣扎了好一会儿,但最后还是被吞了进去。就算是在旱季,穿越那片泥潭也很危险,而这几场绵绵秋雨过后,那儿简直就是个鬼地方。不过,我认得路,能到达最深处,还能平安无事地回来。哎呀,又有一匹矮种马要遭殃了!"

在绿色的莎草丛中,有个棕色的东西在上下翻滚,摇来晃去。接着,只见一根长长的脖子痛苦地扭动着往上一蹿,一声可怕的嘶鸣在沼地上回荡。这叫声听得我毛骨悚然,而我这位同行者看起来胆量要比我大。

"完了!"他说,"叫泥潭给吞了。两天就死了两匹马,说不定还会有很多要送命,因为它们养成了天气干燥的时候就去那里的习惯,非得等到落入了泥潭的魔爪之中,才看出来这里头的玄机。不是什么好地方,这戈戾穆盆大泥潭真是个要命的地方。"

---

① 指达特穆尔矮种马,产于达特穆尔高沼地,温顺耐劳,以善载重著称。

"'那可是戈戾穆盆大泥潭。'"

"你不是说你能走到最里面吗？"

"没错，有一两条小路，身手非常敏捷的人走得过去，让我给找出来了。"

"可你怎么就偏偏要进入这么可怕的地方？"

"这个嘛，瞧见泥潭那边的那些山丘了没？那其实都是孤岛，随着岁月的推移，无法通行的泥潭慢慢将这些岛围了起来，把四面的路都给切断了。就是在那里头,能见到珍奇的植物和蝴蝶,只要你有本事进得去。"

"哪天我去碰碰运气。"

他一脸惊讶地看着我。"看在上帝的面上,千万要打消这个念头,"他说,"要不然你这条命就得算在我头上。我可以肯定地告诉你,你进去了就根本别指望能活着出来。我也是凭着记下某些复杂的地标才能安全出入的。"

"呀!"我叫了起来,"什么声音?"

一声低沉的长嚎突然席卷整片沼地,透着难以形容的凄厉。哀嚎声回荡在四面八方,却又说不准是从何处传来的。那声音起初是沉闷的低鸣,然后越来越响,成了深沉的吼叫,接着又变回了一阵阵悲凉的呜呜声。斯特普尔顿看着我,脸上露出奇怪的神色。

"这沼地邪乎得很!"他说。

"那到底是什么声音?"

"农夫都说,那是巴斯克维尔的猎犬在嚎叫着寻找猎物。我以前听到过一两回,但声音从来没有这么大。"

我内心顿生一阵恐惧,回头朝那莽莽旷野望去,旷野被雨水泡得胀鼓鼓的,上面点缀着一块块绿色的灯芯草丛。茫茫大地上一点动静都没有,只有一对渡鸦在我们身后的突岩上呱呱地大声叫着。

"你可是受过良好教育的，不会相信那样的无稽之谈吧？"我说，"你觉得如此怪异的声音是怎么来的？"

"泥沼有时候会发出古怪的响声，可能是淤泥沉降或水位上升，又或是别的什么原因。"

"不，不像，那是活物发出的声音。"

"好吧，也许是吧。你听过麻鸦①鸣叫吗？"

"没有，从没听过。"

"这种鸟如今在英格兰非常罕见，几乎已经灭绝，不过沼地上没有什么事是不可能的。的确是这样，即便跟我说，我们刚刚听到的是最后一只麻鸦的叫声，我也不会觉得奇怪。"

"这是我生平听过的最怪异、最离奇的声响。"

"没错，这真是一个相当神秘而怪异的地方。瞧那边的小山坡，你觉得那上面的都是些什么？"

那片陡峭的山坡上堆满了灰色石头围成的圆环，起码有二十来个。

"那是什么？羊圈？"

"不是，那是我们可敬的祖先的栖居之所。史前时期，沼地上人口稠密，后来再也没有哪代人居住在那里，所以现在能看到史前人类的这些简单的布置都保留了原样。那些是他们建造的圆

---

① 一种沼泽鸟，鸣声响亮。

形石屋,只是没了屋顶。你要是有兴趣进去瞧一瞧,甚至还能看见壁炉炉床和卧榻呢。"

"规模可真不小呢,都赶上一个镇子了。那里有人居住是在什么时候?"

"新石器时代,具体时间不详。"

"靠什么为生呢?"

"他们在山坡上牧牛,还学会了采掘锡,也就是这个时候,青铜剑开始取代石斧。瞧对面山上的大沟渠,就是他们留下来的。没错,华生医生,你会发现沼地有一些非同寻常之处。呀,抱歉,失陪一下!那只一定是独眼弄蝶属[1]的。"

一只不知是小飞虫还是小飞蛾的东西从我们所在的小路上振翅飞过,一眨眼的工夫,斯特普尔顿这会儿已经冲上去在后头追赶了,精力旺盛,速度惊人。令我惊愕的是,那只飞虫朝着那大泥潭径直飞了过去,而我这位新认识的朋友却停都没停一下,跟在后面从一簇草上跳到另一簇草上,他那绿色的捕蝶网在空中飘舞着。他裹着灰色的衣服,忽动忽停,忽左忽右,没有规律地移动着,自己看起来倒颇像只大飞蛾。我站在那里看着他追赶,心里一面佩服他身手敏捷,一面又生怕他失足掉进危险重重的泥潭里。这时,我听到了一阵脚步声,于是转过身去,发现不远处有

---

[1] 弄蝶科中的一个属。

个女子，也在这条小路上。她是从飘着那一缕青烟的那个方向过来的，也就是美悦皮地府宅所在的那个位置，但先前隐没在沼地的低洼处，离得很近的时候才看得见。

毋庸置疑，来人就是之前跟我说起过的那位斯特普尔顿小姐，沼地上不管什么样的女士想必本就为数不多，况且我还记得听谁说过她是个美人。朝我走过来的女子无疑是个美人，还是个极其罕见的美人。没有哪对兄妹比这一对长得还不像的——哥哥的肤色很浅，浅色的头发，灰色的眼睛，而妹妹浑身上下的颜色比我在英格兰见过的所有褐发棕肤女子都要深，而且身材修长，仪态万方。她气质不凡的脸庞像精雕细琢出来的，要不是因为灵动的嘴巴和漂亮又热切的深色眸子，那五官端正得可能都看不出表情来。她身材完美，穿着雅致的连衣裙，活像这条荒僻的沼地小路上的奇幻幽魂。我转过去的时候，她正盯着她的哥哥，随即她加快脚步朝我走来。我举了举帽子向她打招呼，正准备要解释一下我怎么会认得她，她却抢先开了口，说出来的话倒把我的思绪全都带到了另一个方向。

"回去！"她说，"快回伦敦去，马上。"

我错愕得只能呆呆看着她。她睁圆了眼睛瞪着我，急得直跺脚。

"我干吗要回去？"我问。

"我不能说。"她急切地低声说道，说的时候咬舌了，听起来

"'回去!'她说。"

很怪,"看在上帝的分上,千万要照我说的做。快回去,永远不要再踏上这片沼地。"

"可我才刚来。"

"啊呀,你这人呀!"她叫了起来,"什么话是在好心提醒你,难道你听不出来吗?回伦敦去!今晚就走!无论如何都要离开这个地方!嘘,我哥哥过来了!我刚才说的话,一个字也不要提。

劳驾，请您把那边的杉叶藻丛中那枝兰花摘给我好吗？沼地上多的是兰花，当然，您来得可有点晚了，没赶上一睹这地方的美景。"

斯特普尔顿没再追了，气喘吁吁地朝我们这儿走了回来，累得满脸通红。

"嘿，贝丽尔！"他说，他打招呼的语气在我听来并不十分亲热。

"哎呀，杰克，你看起来很热。"

"是的，我刚在追一只独眼弄蝶来着。这种昆虫非常稀有，在晚秋时节很少见。我竟然没抓到，真是可惜！"他漫不经心地说道，可那双浅色的小眼睛不停地在我和那姑娘身上瞟来瞟去。

"看得出来，你俩已经互相认识过了。"

"是的。我刚才还在跟亨利爵士说，想一睹这沼地真正的美景，他怕是来得晚了点。"

"嗨，你把这位当成谁了？"

"我猜这位一定就是亨利·巴斯克维尔爵士。"

"不，我不是，"我说，"我只是一介平民，不过和他倒是朋友。可以叫我华生医生。"

她那表情丰富的脸上因懊恼而泛起一阵红晕。"原来我们一直在各说各的。"她说。

"哎，你俩应该没谈多久啊。"她哥哥说着又投来那狐疑的目光。

"我刚才跟华生医生说话的时候,把他当成来这里定居的了,不晓得他只是来做客的。"她说,"现在看来,赏兰花来得是不是时候,对他而言便不怎么要紧了。那就请您来美悦皮地府宅坐坐,好吗?"

我们没走多远就到了。这是沼地上一座凄清的宅第,在繁荣的昔日曾是某个牧场主的牧场,如今加以修缮,成了现代住宅。房子周围是一片果园,但里面的树跟沼地上的其他树木一样,生长不良,饱受风寒霜冻,整个地方显得破旧而萧瑟。一个老男仆将我们迎了进去,他模样古怪又干瘪,身穿褪了色的外套,看上去跟这房子倒是很相称。然而,房子里面却是一间间宽敞又陈设雅致的屋子,从中似乎能看得出来,是根据这位小姐的品味来布置的。我从他们家的窗户往外望去,那缀着斑斑点点的花岗岩的沼地连绵起伏,无边无垠,一直延伸至最遥远的地平线。我心里不禁感到诧异:究竟是出于什么原因,能让这个学识渊博的男人和这个漂亮的女人住到这么一个地方来。

"怎么挑了这么个奇怪的地方,对吗?"他说,仿佛在回答我内心的疑问,"不过我们苦中作乐,倒还算快活,不是吗,贝丽尔?"

"挺快活的。"她说,话里却听不出半点底气来。

"我办过一所学校,"斯特普尔顿说,"在英格兰北部。对我这种性子的人来说，这份工作机械又乏味，但优点是可以跟孩子们一起生活，帮助陶冶他们未成熟的心灵，用自己的品格和理想来影响他们，这对我而言非常珍贵。然而造化弄人，学校里暴发了严重的流行病，死了三个男孩。经过那次打击，学校从此一蹶不振，我的本钱大部分都赔了进去，收不回来了。但话说回来，要不是没法再跟可爱的孩子们做伴，我甚至可能还会庆幸自己摊上这倒霉事，要知道我对植物学和动物学兴趣浓厚，在这里倒发现了一片无限广阔的施展天地，而且舍妹也和我一样全心全意地热爱大自然。华生医生，从你刚才放眼打量窗外沼地时的表情来看，你心里头琢磨的正是这事吧。"

"我心里确实闪过了这个念头，想到这地方可能有点无聊——令妹或许比你更有这样的感觉。"

"不，不，我从来没觉得无聊。"她连忙说道。

"我们有书可读，有自己的研究可做，还有好些有意思的乡邻。莫蒂默医生在他那个行当里是个学识非常渊博的人。已故的查尔斯爵士也是一位令人钦佩的伙伴。我们跟他很熟悉，说不出对他有多么怀念。我想今天下午到府上去结识一下亨利爵士，不知你觉得会不会多有打扰？"

"我相信他会很高兴的。"

"那就麻烦你跟他打声招呼，说我打算登门拜访。我们也许能聊尽绵薄，帮助他更快开始适应这里的新环境。华生医生，请上楼看看我收藏的鳞翅目昆虫标本好吗？我认为在整个英格兰西南部我收集得最全。等你看过一遍，午饭差不多也准备好了。"

但我急着想回到我职责所在的地方去。凄凉的沼地、惨死的矮种马，还有让人联想到巴斯克维尔家族恐怖传说的诡异的声音，这一切在我心头蒙上了几分阴霾。除了这些或多或少有些模糊的印象，另外还有斯特普尔顿小姐清楚又明确地发出了警告，她的态度如此郑重其事，我毫不怀疑这背后有着某种危急而深层的原因。我谢绝他一再劝我留下来用午餐，立刻动身，沿着来时走的那条长满草的小道踏上归程。

不过，熟悉路的人看来必定是知道什么捷径的，我还没走上大路，便看见斯特普尔顿小姐坐在小道旁的一块石头上，让我大吃一惊。她跑得急，累得脸上泛起漂亮的红晕，一只手叉在腰间。

"我一路跑着过来，就是要抄近路截住你，华生医生，"她说，"我连帽子都顾不上戴了。我一刻也不能耽搁，不然我哥哥会发现我不在。我想对你说，我愚蠢地把你错当成亨利爵士，非常抱歉。请忘掉我说过的话，这些话对你而言一点用都没有。"

"可我忘不掉，斯特普尔顿小姐，"我说，"我是亨利爵士的朋友，我非常关心他的安危。告诉我，你为什么这么想让亨利爵士回伦敦？"

"不过是女人一时头脑发热罢了，华生医生。等你更了解我这个人了，就会知道我的所言所行并不总是说得出理由的。"

"不，不对。我记得你声音很激动，还记得你当时的眼神。请你务必务必要跟我说实话，斯特普尔顿小姐，自打我来这儿以后，总能察觉到周围的阴影。生活变得像那个戈庚穆盆大泥潭一样，到处都是绿色小斑块，一不小心就会陷进去，却没有一个向导来指路。快请告诉我，你之前说的话是什么意思，我保证会把你的警告转达给亨利爵士。"

她的脸上闪过一丝犹豫的表情，但回答我的时候眼神又坚定了起来。

"是你想多了，华生医生。"她说，"我和我哥哥对查尔斯爵士的死深感震惊。我们跟他交情很深，他散步时特别喜欢穿过沼地到我们家来。他对威胁着他们家族的祸害耿耿于怀。悲剧发生后，我自然就感觉他表现得这么害怕绝不是捕风捉影。因此，见这个家族又有一个后裔下乡来此定居，我便感到很忧虑，觉得应该提醒他提防即将遇上的危险。我想告诉他的仅此而已。"

"可是有什么危险呢？"

"你知道那猎犬的故事吧？"

"我不相信那种天方夜谭。"

"可我信。你要是能说得动亨利爵士的话，就带他离开这个对他们家族一直有致命危险的地方。世界这么大，他为什么偏偏要住在这危险的地方呢？"

"'你知道那猎犬的故事吧?'"

"恰恰就是因为这地方很危险。亨利爵士就是这性子。除非你告诉我更确切的理由,不然恐怕无法说服他走。"

"我什么确切的都说不出,因为我什么确切的都不知道。"

"我再问你一个问题,斯特普尔顿小姐。如果你第一次跟我说话时没别的意思,你为什么怕你哥哥听到你说的那些话呢?不管是他还是别的谁,这话里头都没什么好非议的呀。"

"我哥哥巴不得有人住进府里，他认为这是造福沼地上的穷苦百姓。他要是知道我说了什么话导致亨利爵士离开，一定会大发雷霆。不过现在我已经仁至义尽，什么都不会再说了。我得回去了，不然他会发现我不在家，怀疑我来见过你。再见！"她转身离开，不一会儿便消失在稀稀落落的乱石巨砾间，而我则满怀隐隐约约的担忧，继续朝着巴斯克维尔府而去。

第八章
华生医生的第一份报告

我面前的桌上摆着我自己写给夏洛克·福尔摩斯先生的信，从现在起，我将把这些信抄录下来，以此来讲述事态的发展。有一页找不到了，除此以外，一个字都没动过，表明了我当时的感受和猜疑。尽管对这些悲惨事件我记得很清楚，可就算我记性再好，也不可能比这些信记得准确。

> 10 月 13 日
>
> 巴斯克维尔府

我亲爱的福尔摩斯：

对于这个被上帝遗弃的荒僻至极的世间一隅所发生的种种，我之前的那些信件和电报让你及时掌握了最新情况。在这里待得越久，内心就被沼地的精魂渗入得越深，越能体会到它的莽莽苍苍，又凄怆而别具魅力。一旦投入它的怀抱，就把近代英国的所有痕迹都抛在了身后；但从另一个角度看，到处都能发现史前人类的住所和活动的遗迹。走到哪儿，四面都是这些被遗忘的人的居所，还有他们的坟墓，以及据说是用来标明当时的神庙所在的巨石柱。看着他们那些被满目疮痍的山坡映衬着的灰色石屋，你会忘掉自己所处的年代；就算你见到一个身披兽皮、浑身是毛的人从那低矮的门洞里爬出来，把一支带燧石箭头的箭搭在弓弦上，你也会觉得，他出现在那儿，比你出现在那儿还要正常。奇怪的是，在这片想必自古以来都极为贫瘠的土地上，他们居然如此密集地居住过。我可不是什么研究古文物的，但我可以想象得到，他们是某个不好争战却又屡遭侵扰的种族，是不得已才在这片别人都不愿占领的土地上将就着过的。

不过，上面说的这些都与你派我来执行的使命无关，对你这样尤为讲求实际的人来说，怕是也没什么意思。我还记得有一回谈到，是太阳绕着地球转，还是地球绕着太阳转，你一副完全不感兴趣的样子。因此，我还是言归正传，说说有关亨利·巴斯克维尔爵士的事吧。

过去几天你没收到我的报告，是因为在此期间，一直没什么要紧的事可讲。可后来发生了一件非常出人意料的事，到后面我会告诉你的。但在此之前，我得先让你了解一下跟这件事有关的其他一些情况。

其中一个情况，我没怎么提起过，跟沼地上的越狱犯有关。现在有十足的理由可以认为，他已经彻底跑了，这个消息让这片地区那些孤门独户的人家大大松了一口气。他越狱已有两星期，其间没人见到过他，也没有听到过一点他的消息。他要在沼地上挨过这么多天，想必难以让人相信。当然，要光是藏起来，那倒一点也不难，随便找个石屋就能当藏身之处。可问题是没吃的，除非他能从沼地上抓只羊宰了。因此，我们认为他已经不在这儿了，住在偏远地带的农户也便睡得更踏实了。

这座宅子里住着我们四个体格健壮的男人，我们能照顾好自己；但说实话，想到斯特普尔顿兄妹，有时候我真替他们担忧。他们住得太偏远，附近没有能帮得上忙的。家里只有一个女佣、一个老男仆，加上兄妹二人，这哥哥身子骨还不太壮实。一旦被诺丁山杀人犯这样的亡命之徒破门而入，落入其手里，便只能束手待毙。我和亨利爵士都担心他们的处境，曾提议让马夫珀金斯上他们那儿去睡，可斯特普尔顿硬是不听。

事实上，我们的这位朋友亨利准男爵开始对我们漂亮的女邻居表现出相当大的好感来了。这倒没什么好奇怪的，他这么一个血气方刚的男人，待在这荒僻的地方，日子自然不好打发，何况她又是个十分迷人的大美人。她身上散发着热带地区的异域风韵，与她那沉着冷静、不动声色的哥哥形成了奇特的对照。不过这哥哥有时也会让人感觉他内心藏着炽热的情感。看得出来，他在她面前明显很有分量，我看到过她说话的时候眼睛不断瞄他，仿佛是在征求他的同意。我相信他待她不薄。他眼睛里闪着冷冰冰的光芒,薄薄的嘴唇坚毅地紧紧抿着,这种模样的人通常生性独断,甚至可能很刻薄。你一定会发现他这人很有意思,值得研究一番。

他头天来拜访巴斯克维尔,第二天上午就带我们两个去了一个地方,去看那个据说是恶人雨果传说中出事的地点。我们走了好一段路,穿越沼地好几英里才到一处地方,那地方看上去满目凄凉,很容易让人联想到那个可怕的故事。在嶙峋的岩山之间,我们看见了一条不长的山谷,穿过去是一片长满荒草的开阔的空地,地上点缀着白色的羊胡子草。空地中央矗立着两块巨石,顶端被磨蚀得越来越尖,尖到看起来像怪兽嘴里一对不断受腐蚀的巨型獠牙。这地方怎么看都跟那古老惨剧的事发现场对得上。亨利爵士很感兴趣,还不止一次问斯特普尔顿是否真的相信超自然力量有可能干涉人类之事。他问的时候表面上轻描淡写,但心里显然是非常认真的。斯特普尔顿回答得很谨慎,但不难看出,他的话有所保留,为顾及准男爵的感受,他不愿把真实想法和盘托出。他跟我们说了一些类似的情况,说有几家人也曾遭受过邪恶力量的侵害,给我们的感觉就是他对这件事的看法跟大多数人一样。

回去的路上,我们在美悦皮地府宅留下来用午餐,亨利爵士就是在那儿认识斯特普尔顿小姐的。从第一眼见到她的那刻起,他似乎就深深地被她给迷住了;要是我没看走眼的话,她对他也

"带我们两个去了一个地方"

有这种感觉。我们走回家的路上,他一次又一次地提起她;自那以后,我们几乎天天都跟那兄妹俩有来往。今晚他们来此用餐,还谈到下周请我们去他们家吃饭。谁都会以为,这二人能配成一对斯特普尔顿肯定求之不得呢;可我不止一次发现,亨利爵士对他妹妹稍微殷勤一些的时候,他就满脸不乐意。想必他非常离不开她，离了她，他一个人会过得很寂寞，可他要是妨碍了她的大好姻缘，那未免又自私透顶了。然而，我很肯定他不希望那两人的亲密关系发展成恋情，我好几次注意到他千方百计让两人不能私下交谈。对了，要是我们的难题当中又添了一桩风流韵事，那你嘱咐我千万别让亨利爵士独自外出这一条可就难办多了。我若不折不扣地按照你的指示行事，很快就该讨人嫌了。

前些天，确切点说是星期四，莫蒂默医生过来与我们共进了午餐。他这阵子都在长冈那里挖掘一座古墓，挖出了一具史前人类的头骨，高兴得不得了。像他这样一心热衷于一项爱好的人，还真没见过！后来斯特普尔顿兄妹也来了。应亨利爵士之请，这位热心的医生带我们大家去了那条紫杉小径，让我们看看惨剧发生当晚究竟是怎么个情况。紫杉小径是一条又长又暗的散步小道，被两排高高的修剪整齐的树篱夹在中间，小径的两边各有一条狭长的草坪。小径的那头是一座破败不堪的旧凉亭。走到一半的地方是通往沼地的那扇栅门，那位老先生就是在那儿留下雪茄烟灰的。栅门是一扇带有门闩的白色木门，出门就是广阔的沼地。我回想起你对这件事的推理，便试着想象当时的情形：老人就站在门边上，看见有什么东西从沼地那边冲过来，吓得他魂不附体，惊慌失措地逃啊逃，最后活生生因极度恐惧加上精疲力竭而丧了命。他就是顺着这条又长又暗的通道逃跑的。那他逃什么呢？是因为一条沼地上的牧羊犬？还是一条幽灵般的猎犬，浑身

"那条紫杉小径"

乌黑,悄无声息,长得像怪物一样?是否有人从中作祟?那面色白皙、满脸警觉的巴里莫尔是不是还知道些什么隐情,只是不愿意说出来?这一切看起来扑朔迷离,但其背后始终笼罩着罪恶的阴影。

写完上一封信之后,我又遇见了一个邻居,就是住在我们南面约四英里处拉夫特府的弗兰克兰先生,一个红脸膛,白头发,火爆性子的老人。他对英国法律情有独钟,在打官司上面砸了一大笔钱。他打官司就是为了图个乐子，不论作为诉讼的哪一方，他都同样乐意，也难怪他发现这是一项费钱的消遣。有时他会封闭自家土地上的一条公用通道，故意挑动教区让他开放那条道。有时他又会亲手拆除别人家的大门，宣称那里自古以来就是一条公用道路，故意惹土地所有者告他非法侵入。他精通旧采邑权利法和公共权利法，这些学识他时而用来帮助芬沃西的村民，时而又用来对付他们，因此他要么凯旋般地被人抬着沿村街而行，要么遭人焚毁他的丑化像，每隔一阵就反过来，就要看他的最新事迹是什么了。据说目前他手上还有七场官司要打，很有可能会花光他剩下的钱，这就等于拔掉他的螫针，让他以后没法再螫人了。要是不谈法律上的事情，他这人倒是看起来和蔼可亲。我之所以提到他，只是因为你特地叮嘱过，要我在报告中讲讲住在我们周围的人。眼下他出奇地忙，要知道他是业余天文学爱好者，有一架上乘的望远镜，他趴在自家的房顶上，整天用来对着沼地扫来扫去，盼着能捕捉到那个越狱犯的身影。他要是把精力全都花在这上面倒也太平，可有传言说，他打算起诉莫蒂默医生，告他在长冈的古墓里挖出新石器时代人类的头骨，属于未经墓主最近的亲属同意，私自挖掘坟墓。他这样倒是有助于让我们的日子过得不单调乏味，还提供了一点调剂气氛的笑料，在目前这种情况下，这正是我们尤为需要的。

好了，关于越狱犯、斯特普尔顿兄妹、莫蒂默医生，还有拉夫特府的弗兰克兰先生，我已经把最新的情况都告诉了你，下面就让我最后说一说最要紧的，再跟你讲讲巴里莫尔夫妇的事，尤其是昨夜出人意料的事态发展。

先说那封试探电报的事，就是当时你为了核实巴里莫尔是否真的在这里，从伦敦发出的那封电报。我已经解释过了，邮电所所长的证词表明，这一试探没什么用，既不能证明他在，也不能证明他不在。我跟亨利爵士说了此事的原委，他便以他一贯的直截了当的作风，立刻把巴里莫尔叫了来，问他是否亲自收到了那封电报。巴里莫尔说他收到了。

"是送信的伙计直接送到你手上的吗？"亨利爵士问道。

巴里莫尔愣了愣，想了一下。

"不是，"他说，"我当时在阁楼上的贮藏室里，是我妻子拿上来给我的。"

"是你自己回电的吗？"

"不是。我告诉我妻子怎么回，她下楼去写的回电。"

到了晚上，他又主动提起了这茬。

"我还是想不太明白您早上问我的那些问题有何用意，亨利爵士，"他说，"我想您那么问，该不是说我做了什么事让我失去了您的信任吧？"

亨利爵士只好向他保证不是他想的那样，正好伦敦置办的新行头都送来了，便把自己的好多旧衣裳给了他以示安抚。

巴里莫尔太太引起了我的注意。她长得很壮实，没什么见识，但为人极其正派，古板得像个清教徒。很难想象出比她更不易动感情的人来了。然而我跟你说过，刚到这里的第一天夜里，我听见她哭得很伤心，后来还不止一次注意到她脸上有哭过的痕迹，肯定有什么深深的痛楚在不断啃噬着她的心。有时我寻思她是不是一直对什么事感到愧疚，有时我又怀疑巴里莫尔是个窝里横。我总感觉巴里莫尔这个人性格上有什么奇怪和可疑的地方，而昨天夜里碰上了一件惊险的事，让我所有的怀疑达到了顶点。

不过事情本身看起来可能不是什么大事。你也知道我睡觉睡得不是很沉，自从我在这宅子里站岗警戒开始，我睡觉比以往都要容易醒。昨天夜里，约莫凌晨两点钟光景，我被房门口经过的一阵悄悄的脚步声惊醒。我起身偷偷打开房门往外窥望，只见一个长长的黑影顺着走廊在地上拖曳而行。投下影子的是个男人，他手里拿着一根蜡烛，轻手轻脚沿走廊而去。他身穿衬衫和长裤，赤着脚。我只能看到他的轮廓，但从身高上可以看出来，此人就是巴里莫尔。他走得很慢，蹑手蹑脚的，整个模样看上去有种说不出的做贼心虚、鬼鬼祟祟的感觉。

我跟你说过，走廊上隔着一圈环绕大厅的廊台，廊台的那边又是走廊。我等到看不见他了才跟了上去。等我绕过廊台的时候，他已经走到了走廊另一边的尽头。从一扇开着的门里透出的闪烁的微光来看，他进了其中一间房。要知道，这边的这些房间里既没放家具，也没有人住，如此一来，他这番举动就显得蹊跷极了。蜡烛发出稳定的光，看来他正一动不动地站着。我蹑手蹑脚地沿走廊走去，尽可能不发出一点声响，躲在门的拐角处偷偷往里看。

巴里莫尔正蹲在窗前，手里的蜡烛紧贴着玻璃。他侧脸半朝着我，紧盯着窗外一片漆黑的沼地，脸看上去像是因为期待着什

"紧盯着窗外一片漆黑的沼地"

么而僵在那里。他站在那儿目不转睛地望了好一会儿，然后才低沉地叹息了一声，不耐烦地挥手灭了蜡烛。我立马折回自己的房间，不一会儿又听到门口悄悄往回走的脚步声。过了很久，我迷迷糊糊睡得很浅的时候，听见什么地方有钥匙在锁眼里转动的声音，但听不清是从哪里传来的。这一切意味着什么我猜不透，但在这个阴森森的宅子里必定发生着什么不可告人的勾当，我们早晚会查个水落石出。我就不劳你费神听我的推测了，你说过，要我光提供事实就够了。今天早上我和亨利爵士谈了很久，我们根据我昨晚的所见所闻制订了一个行动计划。我这会儿先卖个关子，我的下一份报告读起来就该有意思了。

第九章

沼地上的亮光

【华生医生的第二份报告】

10月15日

巴斯克维尔府

我亲爱的福尔摩斯:

如果说我在执行此次使命之初,没多少消息可以向你提供,你得承认,我正在把耽搁了的时间给补回来,你还得承认,眼下各种事情正接二连三地朝我们涌来。上一份报告我以一个悬念收尾,讲了巴里莫尔伏在窗前张望的事,而现在我已经有了一肚子的猛料,要是我没太猜错的话,说出来肯定会吓你一大跳。事态发生了我始料未及的转变。从某些角度来看,事情在过去的四十八小时内变得更明朗了;从另一些角度来看,也变得更复杂了。我会把事情统统告诉你,由你自行判断。

就在我上次夜半探险的第二天早上,早餐前我走到走廊的那头,去查看前一天夜里巴里莫尔去过的那间房间。我注意到,他目不转睛望向外面的这扇朝西的窗户有个不同于宅子里其余窗户的特点——从这里俯瞰沼地的景色是最近的。窗外的两棵树之间有一个口子,从这个位置望出去,可以直接将下方的沼地尽收眼底,而从其他所有窗户望出去,只能远远窥见沼地的一角。由此可见,巴里莫尔肯定是在找沼地上的什么东西或什么人,而只有这扇窗户才能派上这个用场。那天夜里天很黑,我简直无法想象他能指望看得见谁。我脑子里冒出过一个想法,莫非真是在跟人搞什么私通。那样的话,他举动鬼鬼祟祟就说得通了,他妻子心神不定也就说得通了。这个男人相貌出众,凭这张脸轻而易举就能勾了乡下姑娘的魂,因此这一推测似乎不无依据。我回到自己的房间后听到的开门声也许就是他出门跟谁幽会去了。所以早上我先用这样的推测说服自己,现在再来告诉你我怀疑的方向,哪怕结果可能已经证明这些猜疑是何等无中生有。

不过,无论巴里莫尔这番举动的真实原因是什么,在我能解释清楚之前,要一直隐瞒不报,我觉得这样的责任我可担不起。早餐后,我便跟准男爵在他的书房里当面谈了谈,把我看到的都告诉了他。他并没有我预想的那么惊讶。

"我知道巴里莫尔夜里经常四处走动,还想过要找他说说这事呢。"他说,"我听到他在走廊里来回走动,有两三回了,差不多就在你说的那个时间。"

"那他也许每天夜里都去那扇窗户前。"我推想道。

"有这可能。要真是这样，我们倒是可以跟在他后头，看看他究竟在搞什么名堂。我真想知道，你那位同伴福尔摩斯要是在这儿，他会怎么做。"

"我相信，他的做法会跟你这提议一模一样。"我说，"他会跟踪巴里莫尔，看他做些什么。"

"那咱俩就一起行动。"

"可这么做多半会被他听见。"

"他这人耳背得很，再说，我们无论如何必须冒这个险。今晚我们先别睡，在我房间里守着，等他从门口经过。"亨利爵士高兴得直搓手，他显然把这次冒险行动当成了一种调剂，给他在沼地上略显平淡的生活增添一点趣味。

当初为查尔斯爵士拟订修葺计划的建筑师，还有伦敦的一个建筑承包商，准男爵已经跟他们联系过了，这里因此有望很快迎来翻天覆地的变化。还从普利茅斯请来了装潢设计师和家具商。显然，我们的这位朋友胸怀宏图大志，手握万贯家财，要不遗余力、不惜代价去恢复家族昔日的辉煌。等房子整修如新，添置了新家具，那就万事俱备，只缺一个女主人了。你我私底下说说，有很明显的迹象表明，只要那位小姐点点头，这老婆的人选就不用愁，我可很少见到哪个男人像他这般迷恋一个女人，像他这般迷恋我们那位漂亮的女邻居斯特普尔顿小姐。然而，真正的爱情并不像人们对这种情况所期盼的那么一帆风顺。就拿这一天来说，爱河的水面激起了意想不到的涟漪，我们的朋友为此大为困惑，相当恼火。

刚才提到的那段关于巴里莫尔的谈话结束之后，亨利爵士戴上帽子，准备出门，而我理所当然照着做了。

"怎么，你这是要跟来吗，华生？"他用奇怪的眼神看着我，问道。

"那得看你是不是要到沼地上去。"我说。

"是的，我是要去。"

"那好，你知道我得奉命行事。很抱歉要打扰你，可是你也听见了，福尔摩斯千叮咛万嘱咐，要我守在你身边，还特地叮嘱过，不可让你独自一人到沼地上去。"

他笑吟吟地把手搭在我肩上。

"我的好伙计，"他说，"福尔摩斯再怎么神机妙算，也没有算到我来沼地以后发生的一些事情。你明白我的意思吧？我相信你怎么也不会愿意闹出煞风景的事来的。我得一个人出门。"

他这话可就让我左右为难了。我一时间不知该说什么，也不知该怎么办好。还没等我拿定主意，他便拿起手杖，接着就没影儿了。

可等我回过神来，细细一想，我居然因为随便一个借口，就让他离开我的视线，为此我自责不已。我甚至想到，万一我只好

"他笑吟吟地把手搭在我肩上"

回去找你,坦白由于我无视你的吩咐,发生了什么不幸,我心里会是什么滋味。我向你保证,一想到这里,我就羞愧得面颊发烫。就算现在去追上他,或许也不算太迟,于是我立刻动身朝美悦皮地府宅的方向去了。

我急匆匆地沿大路全速追赶,可连亨利爵士的影子都没见着,一直追到分出那条沼地小路的岔口才停下。我生怕自己到头来可能连方向都走错了,便在那里爬上了一座可以俯瞰下面的山丘，就是被开凿成黑黝黝的采石场的那座山丘。我从上面一下就看见了他。他在那条沼地小路上，离我大约四分之一英里，身边有个女子，不用说，准是斯特普尔顿小姐。显然两人之间已经有了默契，这次见面是约好了的。两人正缓步前行，谈得很起劲，只见她快速而轻微地摆动着手，似乎对自己正在讲的话很郑重其事，他则专心听着，其间摇了几次头表示意见截然相左。我站在岩石堆中望着他们，苦苦思索着接下来该怎么办。要是跟上他们，再打断两人私下的交谈，似乎太过分了，但我的责任很明确，就是一刻也不让他离开我的视线。可要是把自己弄得像个密探，暗中监视朋友，又是惹人嫌的差事。话虽如此，但我找不到更好的对策，只能在山上观察他，等事后再向他坦白我的所作所为，以求心安理得。他若是突然面临什么危险，我离得太远，固然帮不上忙，但我相信你会同意我的想法，理解我当时的处境很尴尬，再没别的法子了。

我们的朋友亨利爵士和那位小姐这会儿已经在小路上停了下来，正站在那儿全神贯注地交谈着；这时，我突然发现目睹他俩私下会面的不止我一人。空中飘动着的一绺绿色吸引了我的目光，我又扫了一眼，发现那绿色的东西是固定在一根杆子上的，拿杆子的人正在崎岖不平的地面之间移动。那人正是斯特普尔顿，手里拿着他的捕蝶网。他离那两人要比我近得多，看样子正朝着他们的方向移动。就在这时，亨利爵士突然将斯特普尔顿小

"亨利爵士突然将斯特普尔顿小姐拉到身边"

姐拉到身边。他用一只胳膊搂着她,可我瞧着她好像正背过脸去使劲挣开他。他低下头凑到她面前,她抬起一只手,似乎在反抗。紧接着我看见他俩腾地一下分开了,慌忙转过身去。原来是斯特普尔顿惊扰了两人。他拼了命地朝他俩跑过去,那网子在他身后来回晃荡,样子滑稽可笑。他在那对恋人面前使劲比划,激动得都快手舞足蹈起来了。这一幕是什么意思我猜想不出来,但看上去斯特普尔顿像是在责骂亨利爵士，而亨利爵士作出解释，可对方不肯听，亨利爵士便越解释越来气了。那位小姐一言不发，冷眼旁观。最后，斯特普尔顿突然转身，态度强硬地挥手叫他妹妹，而她犹豫不决地瞥了一眼亨利爵士，便跟在她哥哥身边悻悻离去。那位博物学家生气地打着手势，说明惹他不高兴的也包括那位小姐。准男爵在那儿站了一会儿，目送他们离开，随后沿原路缓缓走回去，耷拉着脑袋，一副丧气的样子。

这到底是唱的哪一出我真看不明白，但在我朋友不知情的情况下目睹了如此私密的场面，我为此深感羞愧。于是我跑下山，在山脚下迎住了准男爵。他气得涨红了脸，眉头紧锁，一副全然不知所措的神态。

"嘿，华生！你从哪儿冒出来的？"他说，"你该不是说，你结果还是在我后面跟来了吧？"

我把事情一五一十地跟他解释了一遍：我怎么发觉不能留在家里放任他不管，怎么跟着他出来，又是怎么目睹发生的一切的。有那么一瞬间，他怒目圆睁瞪着我，但见我如此坦诚，他便消了气，最后突然惨笑了一声。

"原以为一个男人有什么事不想让人瞧见的话，那空地的中央还算个比较保险的地方，"他说，"可万万没想到，好像乡里的人全都跑出来看我求爱了，而且还是一次彻底搞砸了的求爱！您是订了哪儿的座位看的这场戏呢？"

"就在那座小山上。"

"挺靠后排呀,对吧?她哥哥倒是远远占着前排呢。你看到他冲我们跑上来了吧?"

"对,看到了。"

"你以前可曾感觉他像个疯子似的——就是她的那个哥哥?"

"我还真没有过这种感觉。"

"我以前好像也没觉得。到今天为止,我还一直以为他神态正常得很,但现在我向你保证,他应该穿束缚疯子的约束衣,要不然就是我疯了。我到底哪里有问题了?你和我相处好几个礼拜了,华生。好,你就直说吧!娶我心爱的女人,当一个好丈夫,我有什么不够格的地方吗?"

"我觉得没有。"

"对于我的身家地位,他总没什么可挑的,那他瞧不上的肯定是我这个人。我身上哪一点让他不满意了?我知道的人当中,不论男女,我这辈子从来没伤害过谁。可他连她的手指头都不让我碰。"

"他这么说的?"

"就是这么说的,还说了一大堆。我可以肯定地说,华生,我认识她才没几个礼拜,但第一眼就感觉她和我是天造地设的一对,她也这样觉得——她跟我在一起就高兴,这一点我敢发誓。女人的眼神是骗不了人的。可他从不让我跟她单独在一起,我到今天才头一回逮到机会私下里跟她说上几句话。她很高兴能见我，但真的见到我了，想谈的却不是情和爱，她要是能阻止得了，也不会让我谈到这个话题上去的。她绕来绕去还是反复回到同一个话题上，说这地方很危险，我只有离开这儿，她才会高兴。我告诉她，从我见到她起，我就不想离开这儿了；如果她真想让我走，唯一的办法就是她做好安排，跟我一起走。说完那话，我就明确提出要娶她，可她还没来得及回答，她那个哥哥就冒了出来，凶神恶煞地朝我们冲了过来。他气得脸色煞白，浅色的眼睛里燃烧着怒火。我是拿那位小姐怎么样了吗？她要是反感的话，我怎么敢胡乱向她献殷勤？难道我以为自己是准男爵就可以为所欲为了？他要不是她的哥哥，我应该不会傻到那样应对他。可现在呢，我告诉他，我对他妹妹是真心的，没什么见不得人的地方，还说我希望自己能有幸娶她为妻。可这番话似乎无济于事，于是我的火气也蹿上来了。我回应他的时候可能脾气急了些，毕竟她还在边上站着呢。最后你也看见了，他带着她一走了之，把我一个人留在那儿，比谁都摸不着头脑。请你告诉我，这到底是怎么一回事，华生，大恩大德，我将无以为报。"

我试着想了几种解释，但说实话，我自己都百思不得其解。我们的这位朋友，论头衔、财产、年龄、人品，还有外表，样样比人家强；除了他家族世代都遭遇过厄运，我挑不出他身上有半点不好的地方。没有征求小姐本人意愿，他的求爱居然就被毫不客气地拒绝了，而那位小姐居然一声未吭地接受了现实，实在叫人匪夷所思。然而，就在当天下午，斯特普尔顿亲自登门，打消了我们的种种臆测。他是专程前来为上午自己的粗鲁言行赔礼道歉的，在亨利爵士的书房中与他私下长谈后，谈话的结果就是，嫌隙很大程度上得以弥合，接下来的这个星期五我们要去美悦皮地府宅用餐以示和好。

"就算这会儿，我也不能说他不是疯子。"亨利爵士说，"今天上午他冲我跑过来时的那个眼神我忘不了，但我必须承认，他赔礼道歉得再客气不过了。"

"他对上午的所作所为给你什么说法了吗？"

"他妹妹是他生命中的一切，他是这么说的。这相当正常，他能这样珍视她，我也很高兴。他们从没分开过，据他所说，一直以来他都很孤独，只有妹妹和他相依为命，一想到要失去她，着实叫他难受。他说，他本来还没意识到我已经渐渐爱上她了，可当他亲眼看到确实是这样，她可能会从他身边被夺走的时候，他大受刺激，一时间不知道自己说了什么，做了什么。他对发生的一切非常抱歉，说他居然以为自己可以把妹妹这样的美人攥在手心里一辈子不放，他意识到这是何等的愚蠢，何等的自私。如果她不得不离开他，他宁可她嫁给我这样的邻居，而不是嫁到别人家。但无论如何，这对他而言都会造成打击，他需要一段时间来准备好面对此事。只要我答应让此事先搁置三个月，在这段时间里，不要向她求爱，只是单纯地友好往来，那么就他而言，他不会再有任何反对意见。我答应了他，此事便就此罢休。"

我们的小谜团当中，有一个就这样解开了。在我们苦苦挣扎着的这个泥沼里，不管在哪个地方触到了底，都算是值得庆幸的。现在我们知道斯特普尔顿为什么不待见他妹妹的追求者——即便是亨利爵士这样抢手的追求者。接下来，我继续讲讲我从那团乱麻中理出的另一条线索，这里头涉及夜半哭声，巴里莫尔太太布满泪痕的脸，管家半夜鬼鬼祟祟摸去西面那扇格子窗前之谜。夸夸我吧，我亲爱的福尔摩斯，说我没有辜负你的重托，说你派我来时表现了对我的信任，如今你没有信错人。这一桩桩事一夜之间都彻底弄明白了。

说是说"一夜之间"，但实际上是花了两个晚上的工夫，头一天晚上我们一无所获。我和亨利爵士在他房间里一直熬到差不多凌晨三点，可除了楼上报时的钟声，我们没听到一点别的声响。这一夜叫人守得非常郁闷，最后我俩在各自的椅子上睡着了。幸好我们没有气馁，决定再守一夜。第二天晚上，我们把灯光调暗，坐在那儿抽着烟，不弄出半点动静。时间慢吞吞地往前爬，慢得令人难以置信，但我们怀着猎人观察陷阱，盼着猎物误入其中时那种耐心而兴致勃勃的感觉，熬过了这漫漫长夜。钟敲过一点，两点，我们都快要绝望地再次放弃了，就在这时，片刻之间我俩同时在椅子上腾地一下坐得笔直，倦意全无，再次高度警觉起来。我们听见走廊上传来嘎吱嘎吱的脚步声。

只听见那脚步声悄悄经过,非常小声,直到在远处渐渐消失。接着,准男爵轻轻打开门,我们一起追了出去。那人已经绕过廊台,走廊上一片漆黑。我们蹑手蹑脚轻轻地往前走,最后来到了楼房的另一翼,正好瞥见那高高的、蓄着黑胡子的身影,他曲着背、踮着脚走过走廊。接着,他穿过上次进去的那扇门,烛光在黑暗中勾勒出门框,射出一道黄色的光,穿透了漆黑的走廊。我们小心翼翼地挪着脚步走过去,每一条木板都试着踩了踩,才敢把身体的分量完全压上去。为了谨慎起见,我们脱去了靴子,可即便如此,老旧的地板依然在我们脚下啪嗒啪嗒、嘎吱嘎吱地作响。几度,他似乎不可能没有听见我们走近的声音。不过,所幸此人耳背得很,再加上他正全神贯注地干着什么。我们终于来到了门口,往里偷偷看去,发现他正蹲在窗前,手里拿着蜡烛,那张白皙的脸聚精会神地贴着窗玻璃,跟我前天夜里见到的一模一样。

我们事先并未安排进一步行动的计划,但对于准男爵这样的直性子,最直截了当的方式总是最正常的。他径直走进房间,这一来,巴里莫尔一下子从窗边跳了起来,嘶的一声猛地倒吸了一口气,随即站在我们面前,脸色铁青,浑身发抖。在苍白得似面具般的脸孔下,那双深色的眼睛闪着光,他盯着亨利爵士,又注视着我,眼里充满了惊恐。

"你在这儿干什么,巴里莫尔?"

"没干什么，先生。"他紧张得都快说不出话来了，手里的蜡烛不住地颤动，影子随之跳来跳去。"来看窗户，先生。我晚上都会转一圈，检查窗户是不是都关严实了。"

"二楼的也要检查？"

"是的，先生，所有窗户。"

"听着，巴里莫尔，"亨利爵士厉声说道，"我们是铁了心要从你嘴里撬出实话来的，所以你还是尽早交代，免得给你带来麻烦。行啦，说吧！不准撒谎！你在这窗前干什么？"

"'你在这儿干什么，巴里莫尔？'"

那人无助地看着我们，像是陷入极端的迟疑和煎熬般绞着双手。

"我不是在干什么坏事，先生。我不过是拿着根蜡烛对着窗户。"

"那你为什么要拿蜡烛对着窗户？"

"别问我，亨利爵士——别问了！我向您保证，先生，这不是我自己的秘密，我不能说。要是这事只牵扯到我自己，我就不会想要瞒着你了。"

我脑子里突然闪过一个念头，于是从管家颤抖的手中把蜡烛拿了过来。

"他拿着蜡烛肯定是用来发信号的，"我说，"咱们来看看有没有回应。"我照着他刚才的样子举着蜡烛，睁大眼睛盯着窗外漆黑的夜色。月亮被云遮住了，我只能依稀分辨出一大片黑黝黝的树影和颜色浅一些的广袤沼地。随后，我得意地叫了起来，在窗户勾勒出的黑色方块中心，突然出现一个极小的黄色光点，发着微弱而稳定的光，刺穿了黑色的夜幕。

"有啦！"我叫道。

"不，不是的，先生，那不是——什么都不是！"管家突然插嘴道，"我向您保证，先生……"

"把蜡烛在窗前晃一晃，华生！"准男爵大声说，"瞧，那边的也在动！喏，你个不老实的家伙，你还不承认这是用来发信号的？得啦，给我从实招来！你那边的同伙是谁？你们在搞什么阴谋？"

那人换上一副公然违抗的面孔。"这是我的事，与你无关。我不说。"

"那你立刻给我卷铺盖走人。"

"没问题，先生。要是我非得走，我肯定会走。"

"而且你走得不光彩。说真的，你真该感到羞耻。你们家和我们家在这个屋檐下共同生活了一百多年，而现在我发现你竟然背地里搞什么阴谋诡计要害我。"

"不，不，先生。不是的，没想害您！"是一个女人的声音，巴里莫尔太太正站在门口，脸色比她丈夫的还要惨白，还要惊恐万状。她粗壮的身躯穿着裙子，披着披肩，要不是脸上露出紧张的神情，那模样或许会显得很滑稽。

"我们没法在这儿待下去了，伊莉莎。事情也该到头了。你可以收拾我们的东西了。"管家说。

"哎呀，约翰啊，约翰，我已经连累你走到这步田地了吗？是我的错，亨利爵士，都是我的错。他做这些都是为了我，都是我叫他这么做的。"

"那就交代清楚！是怎么回事？"

"我那不幸的弟弟在沼地里快饿死了。我们不能看着他死在我们眼皮底下。烛光是对他发的暗号，说明吃的给他准备好了，他那边的亮光是告诉我们该把吃的送到哪里。"

"这么说,你弟弟就是……"

"就是那个越狱犯,先生——罪犯塞尔登。"

"这就是实情,先生。"巴里莫尔说,"我说了,这不是我自己的秘密,所以我不能告诉你。不过现在你都听到了,也该知道,就算有什么密谋,也不是针对你的。"

"'就是那个越狱犯,先生。'"

这就是夜半秘密潜行和窗前烛光之谜的原委。我和亨利爵士惊奇地看着这个女人。这个古板又正派的女人与举国最臭名昭著的罪犯竟是一母同胞,这可能吗?

"没错,先生,我娘家姓塞尔登,他是我弟弟。他还是个小毛孩的时候,我们太惯着他,什么事都由着他的性子来,结果他逐渐以为这个世界就是供他取乐的,他想干什么就能干什么。后来等他长大了一点,又结交了损友,人就变坏了,最后让母亲伤透了心,使我们家蒙上污名。他犯了一桩又一桩罪,变得越来越堕落,最后是因为老天爷大发慈悲,才拉了他一把,把他从绞刑架上救了回来。但在我眼里,先生,他永远是那个鬈发的小男孩,是我这个姐姐照顾过和一起玩耍过的那个弟弟。他之所以越狱就是因为这个,先生。他知道我在这儿,知道我们不会不肯帮他。有天夜里,他狼狈地逃到这儿来,又累又饿,狱吏在他后面紧追不舍,我们还能怎么办?我们带他进来,给他吃的,让他安顿下来。后来您回来了,先生,我弟弟觉得待在沼地里,比在别的地方都安全,等到捉拿逃犯的风头过去再说。于是他就一直躲在那里。但每隔一天,到了夜里,我们就会把烛火放在窗前发暗号,确认他是否还在那里。如果有回应,我的丈夫便会拿些面包和肉给他送过去。我们每天都盼着他已经走了,可只要他在那儿一天,我们就不能抛弃他。这就是全部的实情,我是个诚实的基督徒,您也看得出来,这件事上若是要怪罪谁,那也不能怪我丈夫,得怨我,他做这一切都是为了我。"

女人的这番话说得十分恳切,听起来不像假的。

"是真的吗,巴里莫尔?"

"是的,亨利爵士。句句都是实话。"

"好吧,我总不能怪你帮你自己的老婆吧。别把我刚才说的话放在心上。回房间去,你俩都回吧,这件事到明天早上再谈。"

他们俩走后,我们又一次向窗外望去。窗户被亨利爵士猛地推开了,夜里的寒风吹打在我们脸上。在漆黑的远处,仍旧幽幽地闪着那一小点黄色的亮光。

"他怎么敢呢,我真纳闷。"亨利爵士说。

"也许那样摆放,只有从这儿才能看见。"

"很有可能。你看有多远?"

"我看应该在裂口岩那边。"

"至多一两英里远。"

"没那么远。"

"嗯,巴里莫尔得把食物拿到那里去,应该不会太远。他还在那儿呢,那恶棍,在那烛光旁等着呢。岂有此理,华生,我要出去抓住那家伙!"

我心里恰好也有过这样的念头。巴里莫尔夫妇其实并不是主动向我们吐露秘密的,而是不得已才交代的。那家伙对当地居民来说很危险,是个彻头彻尾的恶棍,没什么可怜悯和宽恕的。我们想借此机会将他捉拿归案,让他没法再作恶,这只不过是在尽自己的责任。他生性残暴,若是我们袖手旁观,别人就得遭殃。

没准儿哪天晚上，我们的邻居斯特普尔顿兄妹就会被他袭击。亨利爵士也许是想到了这一点，才会如此热心地想去冒这个险。

"我也去。"我说。

"那就拿上你的左轮手枪，穿上靴子。我们越快动身越好，那家伙可能会熄灭蜡烛逃之夭夭。"

五分钟后，我们就已经出了门，开始了捉拿逃犯的探险之行。在秋风低沉的萧萧声和叶落的簌簌声中，我们匆匆穿过漆黑的灌木丛。夜里的空气弥漫着浓重的潮湿和腐烂的气味。月亮时而探出头来，但乌云疾驰而过，遮蔽了天空。我们刚踏上沼地，便下起了小雨。那烛光依旧在前方稳稳地亮着。

"你带武器了吗？"我问。

"我带了猎鞭。"

"我们逼近他的时候出手得快，据说他可是个不要命的家伙。我们要出其不意，趁他还来不及反抗就将他制伏。"

"我说，华生，"准男爵说，"要是福尔摩斯知道，他会同意这么做吗？邪恶势力猖獗的黑暗时分那警告，又该怎么说呢？"

他的话仿佛得到了回应似的，苍茫而幽暗的沼地上突然响起诡异的叫声，正是我在戈戾穆盆大泥潭的边界听到过的那种叫声。那声音划破寂静的夜晚，随风传来，先是悠长的低吼，再是越来越高昂的长嚎，继而转为悲戚的呻吟，最后渐渐消失。那声音一遍又一遍地响起，空气都跟着有节律地颤动，听起来既刺耳又怪异，叫人毛骨悚然。准男爵抓住我的袖子，脸色在黑暗中隐隐泛白。

"天啊，华生，那是什么声音？"

"不知道。这是沼地上才有的声音，我以前听到过一次。"

那声音渐渐消失，周围一片死寂。我们站在那儿竖起耳朵，但再没传来半点声响。

"华生，"准男爵说，"那是猎犬的叫声。"

他的声音都变了，听得出来他是被突如其来的恐惧给攫住了，这让我浑身不寒而栗。

"他们说这是什么声音？"他问。

"谁说？"

"乡里的百姓。"

"哎呀，他们又没什么见识，你何必在意他们怎么说？"

"告诉我，华生。他们是怎么说的？"

我迟疑了一下，但没法回避这个问题。

"他们说那是巴斯克维尔猎犬的叫声。"

他呻吟了一声，沉默了片刻。

"还真是猎犬，"他终于开口，"但声音听起来好像非常远，我感觉是那边传来的。"

"从哪儿传来的不好说。"

"声音随风而来，起起伏伏。不就是戈庚穆盆大泥潭那个方向吗?"

"是,是那儿。"

"唔,就是那儿。行啦,华生,难道你心里不觉得那是猎犬的叫声吗?我又不是三岁小孩,你用不着害怕跟我说实话。"

"我上次听到那声音的时候跟斯特普尔顿在一块儿。他说那可能是一种怪鸟的啼叫声。"

"不,不是的,是猎犬。天哪,莫非真有这些传说中讲的那么回事?难道我因为这么玄乎的原因而身处危险之中?你不会相信吧,对吗,华生?"

"对,不相信。"

"这种事在伦敦的时候当笑话听是一回事,而此刻站在一片漆黑的沼地里,听着那么恐怖的叫声,可就是另一回事了。再加上我伯伯的死!还有他尸体旁猎犬的脚印。这一件件都对得上了。我不认为自己胆小,华生,可那声音听得我毛骨悚然。摸摸看我的手!"

他的手冰凉冰凉,像块大理石。

"你明天就会没事的。"

"那叫声怕是要印在我脑海中忘不掉了。你说我们现在该怎么办?"

"我们要不要回去?"

"不,决不,我们既然出来要逮住那家伙,就干到底。我们追逃犯，说不定有条地狱猎犬在追我们。来吧！我们倒要看看清楚，地府里的恶魔是不是都在这沼地上横行。"

我们摸黑东跌西撞地慢慢往前走，嶙峋的丘陵那黑糊糊的巨影隐隐耸现在我们周围，黄色的光点仍在前方稳稳地亮着。漆黑的夜晚里的亮光似近非近，似远非远，没有比这更能迷惑人的了；那幽幽闪烁的亮光一会儿似乎远在天际，一会儿又仿佛近得只有几步之遥。但最后，我们总算看清了亮光是从哪里发出来的，这才知道是真的离得很近了。一支火光摇曳的蜡烛两侧被岩石挡住，卡在当中的裂口里，这样既能防风，又能防止被人看见，只有从巴斯克维尔府的方向才看得见。我们借着一块花岗岩巨砾的掩护偷偷靠近，接着蹲在石头后面，从上方盯着那当作暗号的烛光。只见这一根蜡烛在沼地当中发着光，周遭没有一点人类活动的迹象，只有一束黄色火苗和两侧岩石上闪烁的反光，看起来着实诡异。

"现在该怎么办？"亨利爵士低声问道。

"在这儿守着。他肯定就在那亮光附近。看看能不能瞧见他的人影。"

话音刚落，我俩就都看到了他。从裂口卡着燃烧着的蜡烛的岩石后面，突然探出一张发黄而狰狞的脸，一副野兽般可怕的面孔，长满横肉，尽是皱痕与刻痕。那张脸上粘着烂泥，污秽不堪，胡子拉碴，还挂着缠结的乱发，倒颇像古代住在山坡洞穴中的那种野人。他下方的烛光映照在他狡黠的小眼睛里,眼珠在黑暗中朝四下里窥探,活像一头听到猎人脚步声的狡猾的猛兽。

"突然探出一张发黄而狰狞的脸"

显然有什么东西让他起了疑心。可能是巴里莫尔跟他约定了什么暗号是我们不知道的,而我们又没有发这个暗号,也可能是那家伙因为什么别的原因觉得哪里不对劲,反正我从他凶恶的脸上察觉出忧惧的神色。他随时都有可能从光亮处冲出去,消失在黑暗中。于是我一个箭步扑上前去,亨利爵士也跟着蹿了上去。与此同时,那凶犯冲我们尖声咒骂了一句,抓起一块石头用力扔过来,石块砸在刚才我们用以掩蔽的巨砾上,碎了开来。他一跃而起,转身就跑,我只瞥到一眼他矮壮又强健的身影。就在此时,月亮恰好拨云而出。我们冲过山顶,只见那家伙正往另一面的山坡下飞速逃跑,一路上跳过挡他路的石头,敏捷得像只山羊。运气好的话,我用左轮手枪远远开一枪,他可能就瘸了,可我带枪是防身用的,不是用来对付一个正在逃跑的手无寸铁之人的。

我们两人跑起来都算快的,平日里也还锻炼有素,但很快发现要追上他是不可能的了。在月光下,我们很长一段时间还能看得到他,最后眼看着他变成远处山坡上的乱石巨砾间迅速移动的一个小黑点。我们跑啊跑,跑到精疲力竭,但我们跟他之间的距离越拉越大。最后,我们停了下来,坐在两块岩石上喘着粗气,眼睁睁看着他消失在远处。

也就是在这时,发生了一件极为怪异的事,完全出人意料。当时我们已经放弃了无谓的追赶,从岩石上站了起来,正要转身回家。一轮明月低低地挂在右面的天边，一座花岗岩突岩嶙峋的尖顶向上紧贴着银盘似的月亮的下缘。就在那儿，在那突岩上，我看见一个人影，映衬在明月之中，被勾勒出犹如一尊乌木雕像般漆黑的轮廓。别以为这是我的幻觉，福尔摩斯。我向你保证，我这辈子从来没有看得这么真切过。据我判断，那身影是个又高又瘦的男人。他站在那儿，双腿微微分开，双臂交叉在胸前，低着头，仿佛正对着眼前泥炭和花岗岩遍布的广袤荒野郁郁沉思。他没准儿就是这片可怖之地的邪灵。这不是那个越狱犯，此人所在的位置离越狱犯消失的地点很远。况且，他个子要高出一大截。我惊叫了一声，想把他指给准男爵看，可就在我转身抓住准男爵胳膊的当儿，那人不见了。花岗岩突岩的尖顶仍旧与月亮的下缘相切，但岩顶上那悄无声息、纹丝不动的身影却消失得无影无踪。

我有心想朝那个方向去，到突岩上搜寻一番，但离得有些距离。准男爵还因为那叫声惊魂未定，那叫声勾起他对家族的神秘传说的回忆，他可没心思再去探险了。他没看见突岩上那个孤然孑立之人，感受不到我看见他奇异地出现在那里，看见他居高临下的姿态时的那种震颤感。"十有八九是个狱吏。"他说，"这家伙越狱后，沼地上满是这些人。"好吧，也许他的分析是对的，但我还是想进一步证实一下。今天我们打算联系王子镇那儿当差的，告诉他们应该上哪儿去找他们要抓的人。说起来也真是不走

"在那突岩上,我看见一个人影"

运,我们居然没能亲手把他抓回来。这就是昨夜发生的一系列惊险的事。你得承认,亲爱的福尔摩斯,汇报情况这份差事我干得很合你的意吧。我向你汇报的情况中有一大部分很可能无关紧要,但我仍觉得最好让你知道所有事实,由你自行甄选能帮你得出推论的最有用的那些东西。当然,我们这儿是有所进展的。就巴里莫尔夫妇的事情而言，我们已经发现了他们种种行为的动机，让整个形势明朗了不少。然而，这片谜团重重、住着古怪之人的沼地依旧是那样神秘莫测。也许在我的下一份报告里，我在这方面也能提供一些新的线索，把案子的眉目弄得更清楚些。你要是能下乡来我们这儿，那便再好不过了。不管怎样，在接下来的几天里，你还会收到我的信。

第十章
华生医生日记摘录

到目前为止，我还能引用刚开始的时候我寄给夏洛克·福尔摩斯的报告。可眼下，事情讲到这份儿上，我只好放弃这样的做法，去借助我当时记的日记，重新凭着记忆讲下去。从日记中摘录的几段会让我回想起那一幕幕场景，其中的每一处细节都在我脑海中留下了不可磨灭的回忆。那就接着我们追捕越狱犯未果以及在沼地上碰到其他怪事，从之后的那个早晨开始往下讲吧。

10月16日——阴，雾茫茫，细雨蒙蒙。宅子四周积聚着滚滚云雾，云团时而腾起，露出阴郁而起伏的沼地来，山坡上有一条细细的银色岩脉，远处巨砾湿漉漉的表面在光照下闪闪发亮。屋外一片忧郁，屋里也是。经历了昨夜的惊险之事，准男爵还没缓过来。连我也感到心头压着一块石头，有一种危险正在逼近的感觉——这种危险无时无刻不在，正因为我说不清是什么危险，也就显得更可怕了。

难道我的这种感觉是没来由的吗？想想看那接二连三出现的一连串事件就知道了，桩桩件件都表明有某股邪恶势力在我们身边作祟。先是上一个住在府邸的主人之死，分毫不差地应验了那个家族传说，再是屡屡有农户称在沼地上看见怪物出没。听起来像是一条猎犬在远处长嗥的声音我亲耳听到过就有两次。要说真是超乎自然规律之外的东西，简直就是不可思议的天方夜谭。能留下实实在在的爪印，长嗥声还能响彻四野，这样的一条幽灵猎犬肯定是不可想象的。斯特普尔顿或许会接受这种迷信说法，莫蒂默或许也会，可哪怕我一无是处，也还剩最基本的判断力，说什么也不会相信这种事情。不然就是愚昧到跟那些没文化的乡野村夫一个水平，觉得光是一条恶犬还不够，非得把它说成口吐和眼冒地狱之火才行。福尔摩斯是不会听信这种异想天开之谈的，而我又是他派来的。但事实总归是事实，我确实两次在沼地上听到这叫声。假设真有一条巨型猎犬在沼地上横行，那这一切就没那么匪夷所思了。可这样一条猎犬能藏身何处呢？它到哪里弄吃的呢？它又是从哪里来的呢？白天怎么没人见过呢？必须承认，就算是合乎自然规律的解释，也跟超自然的解释几乎一样疑点重重。撇开猎犬不谈，伦敦的人为之事毕竟总是事实，出租马车里的那个神秘人，还有警告亨利爵士远离沼地的那封信。这些事情无论如何都是真的，只不过有可能是想害他的人在搞鬼，也同样有可能是想保护他的人在暗中帮忙。那个敌或友如今身在何处？

是仍在伦敦,还是跟着我们来了乡下?他会不会——会不会就是我在突岩上看见的那个陌生人?

我确实就瞥到过他一眼,但有几点我还是可以肯定的。这个人绝不是我在这儿见过的什么人,况且住在这一带的人我现在都见过面了。他的体形比斯特普尔顿高得多,又比弗兰克兰瘦得多。要说巴里莫尔倒是有可能,但当时我们是撇开他出来的,我也确定他不可能跟在我们后面。也就是说,一定有个陌生人还在尾随我们,正如有个陌生人在伦敦尾随我们一样。我们就没甩掉过他。要是我能抓住这个人,那么最终我们可能就会发现所有难题都迎刃而解了。为了达到这一目的,我现在必须全力以赴。

我脑子里冒出来的第一个念头是把我的计划都告诉亨利爵士。但转念一想,还是自己行动,尽量不告诉任何人,才是最明智的。他这段时间沉默寡言,魂不守舍,被沼地上的叫声刺激得神经异常紧张。我什么都不会说,免得给他增添焦虑。我会自己采取措施来达到自己的目的。

今天早饭过后,发生了一次小小的争执。巴里莫尔请求跟亨利爵士私下谈谈,两人在亨利爵士的书房里闭门密谈了好一会儿。我坐在弹子房里,不止一次听到嗓门拔高的声音,我很清楚他们在讨论什么问题。过了一会儿,准男爵打开门,招呼我进去。"巴里莫尔觉得很委屈,"他说,"他认为自己呢,出于自愿把秘密告诉了我们,而我们反倒去追捕他的小舅子,这样做不厚道。"

管家站在我们面前,脸色煞白,但非常镇静。

"我刚才说话的时候可能太激动了,先生,"他说,"如果是那样,务必请您原谅。不过,我听见两位先生今天早上回来,得知两位是追捕塞尔登去了,我非常震惊。那个可怜的家伙要应付的已经够多了,我却还在给他添乱。"

"管家站在我们面前,脸色煞白,但非常镇静"

"你要真是出于自愿告诉我们实情,倒另当别论了,"准男爵说,"可你告诉我们,应该说是你妻子告诉我们,只是因为迫不得已,不得不说。"

"我没想到您会利用这一点,亨利爵士——我真的没想到。"

"这个人对所有人都构成危险。沼地上四处散布着孤门独户,他这种人又什么都干得出来。光瞧一眼他的脸就知道了。就拿斯特普尔顿先生的家来说,除了他,家里没别人来保卫。这人一天不关进牢里,谁也别想太平。"

"他谁家都不会闯进去的,先生。这一点我向您郑重保证。反正他再也不会在这个国家找谁的麻烦。我向您保证,亨利爵士,要不了几天,就会做好必要的安排,他就动身去南美洲了。看在上帝的面上,先生,我恳求您别让警察知道他还在沼地上。他们已经不在那儿追捕了,他可以乖乖地躲着,等船给他备好。您一旦告发他,必然会牵连我和我妻子。求求您,先生,什么也别跟警察说。"

"你说呢,华生?"

我耸了耸肩。"他要是能老老实实离开这个国家,倒给纳税人减轻了负担。"

"可万一他离开之前抢劫了谁呢?"

"他不会做这种傻事的,先生。他可能需要的我们都给他备好了。再去犯罪就等于暴露自己的藏身之处。"

"这倒也是。"亨利爵士说,"好吧,巴里莫尔……"

"愿上帝保佑您,先生,我打心底里感谢您!要是他再被抓回去,就会要了我那可怜的妻子的命的。"

"我怎么觉得我们这是在纵容他人犯下重罪呢,华生?不过,听了刚才那番话,我好像也狠不下心来举报这人的下落,那这件事就到此为止吧。好了,巴里莫尔,你下去吧。"

管家结结巴巴说了几句感谢的话便转身了,可他迟疑了一下,又走了回来。

"您待我们太好了,先生,我愿意尽自己所能来报答您的恩情。我知道一件事情,亨利爵士,也许我早就该说出来了,可我也是在死因调查很久之后才发现的。关于此事,我还没有向任何人透漏过半个字。这件事跟不幸的查尔斯爵士之死有关。"

我和准男爵都站了起来。"你知道他是怎么死的?"

"不,先生,这个我不知道。"

"那你知道什么?"

"我知道那天夜里他为什么会站在那扇门边上。是要见一个女人。"

"要见一个女人!是他要见?"

"是的,先生。"

"那女人叫什么名字?"

"我说不出全名,先生,但我可以告诉你首字母。她的姓名首字母是 L. L."

"你是怎么知道的，巴里莫尔？"

"是这样的，亨利爵士，那天早上，您伯父收到一封信。他平时会收到好多信，因为他是位知名人士，是出了名的大善人，谁要是有了难处，都喜欢来向他求助。但那天早上，碰巧只来了这一封信，于是我多留意了一下。信是从库姆特雷西峡谷镇寄来的，信封上的字是一个女人的笔迹。"

"然后呢？"

"唔，先生，后来我就没再想这件事，要不是我妻子，我也不会再想起这件事的。就在几周前，她在清理查尔斯爵士的书房时——他去世后书房就再没动过——在壁炉的炉栅后面发现一封烧掉的信留下来的灰。信的大部分都已烧焦，成了碎屑，但有一小片纸，是一张信纸的末尾，还算完好，虽然烧成了黑底灰字，但字迹还能看得出来。我们看着像是信末的附言，上面是这样写的：'您乃正人君子，请务必务必把这封信烧了，并于十点前到那门口。'下面签着姓名的首字母 L. L. 。"

"那纸片还在吗？"

"没了，先生，我们动过以后就都碎成屑了。"

"查尔斯爵士还收到过笔迹相同的信吗？"

"唔，先生，我没有特别留意他的信。要不是那天恰巧只来了这一封信，我都不会注意到的。"

"那你一点也不知道L.L.是谁?"

"不知道,先生。跟您一样毫无头绪。但我估摸着,要是能找到那位女士,关于查尔斯爵士的死,应该就能了解到更多的情况。"

"我真不明白,巴里莫尔,这么重要的情况,你怎么会瞒着不报?"

"唔,先生,这件事刚发现,我们自己就有麻烦找上门了。再说,先生,我们夫妻俩都很敬爱查尔斯爵士,我们也理应感念他待我们的种种好处。把这种旧事翻出来,对我们已故的主人没什么好处,况且这里头还牵扯到一位女士,还是谨慎为好。毕竟人非圣贤……"

"你觉得说出来有损他的名誉?"

"唔,先生,我觉得说出来没什么好处。可既然您待我们不薄,我感觉不把我关于此事知道的一切都如实相告,就是对不住您。"

"很好,巴里莫尔,你下去吧。"管家离开后,亨利爵士朝我转过来。"好,华生,这条新线索你怎么看?"

"似乎倒让这团乱麻更理不清了。"

"我也这么觉得。但只要我们能查出L.L.是谁,整件事应该就会明朗了。我们已经从中获得了这么多信息。现在看来,有人手里掌握着真相,只要能找到这个女的就行。你觉得我们该怎么做?"

"立刻将此事全都禀报福尔摩斯。他会从中得到他一直在寻找的线索。这样还不能把他招来的话,那可就怪了。"

我立马回到房间,把早上的这番对话写下来,汇报给福尔摩斯。我明显看得出来,他最近很忙,贝克街寄来的短笺数量又少,内容又简短,既对我提供的信息没有一句评论,也没怎么提及我的使命。他准是全身心投入到那桩勒索案里去了。不过,这条新线索肯定会吸引他的注意,让他重新关注起这桩案子。他这会儿要是在这儿就好了。

10月17日——大雨一整天倾盆而下,打在常春藤上唰唰作响,从屋檐上淌下来。我不禁想到那个身在外面阴冷凄凉、无遮无蔽的沼地上的越狱犯。可怜的家伙!不管他犯了什么罪,他都遭了罪了,也算是赎罪吧。接着我又想到了另外那个人——出租马车里的那张脸,月亮映衬出的那个人影。那个不曾露面的瞭望者,那个不为人知的神秘人,此时也置身于那滂沱大雨之中吗?到了傍晚,我穿上雨衣,在湿透了的沼地上走了很远,满脑子胡思乱想,全想着可怕的东西,雨打在我脸上,风在我耳边呼啸。愿上帝保佑那些此刻误入大泥潭的人,连坚硬的高地也正在化为泥淖。我找到了那座黑色突岩,我就是在那顶上看见那个孤然孑立的瞭望者的。我自己也站上陡峭的岩顶,放眼瞭望苍凉的丘陵地。狂风夹着暴雨,扫过丘陵地赤褐色的表面,石板色的浓云低

"我自己也站上陡峭的岩顶,放眼瞭望苍凉的丘陵地"

悬在这一带的上空,缭绕的灰色云雾沿着奇峰怪石的山腰缓缓飘下。左面远处的山谷里,巴斯克维尔府两座细窄的双子塔从树丛边高高耸起,在薄雾中半隐半现。那是我能看到的人类生活仅有的迹象,除此以外就是山坡上密布的史前人类的那些石屋了。就在这同一个地点,前天夜里我见到的那个孤影此刻却不见一点踪迹。

我往回走的路上,莫蒂默医生驾着他那辆双轮轻便马车赶到了我前头,他走的是一条崎岖的小道,是从偏远的农舍腐潭那儿通过来的。他一直很关心我们,几乎天天都来趟府上,看看我们情况怎么样。他执意要我上他的马车,我就搭了他的便车往家里去。我发现他正为他的小西班牙猎犬失踪一事十分犯愁。那条狗溜达到沼地上去,结果再也没回来。我说尽好话安慰他,可我又想到了误入戈戾穆盆大泥潭的那匹矮种马,想来他只怕是再也见不到他的那只小狗了。

"对了,莫蒂默,"马车沿着崎岖的小道颠簸而行的时候,我开口道,"这一带住在驾马车能到的地方的,没几个人你不认识的吧?"

"应该差不多都认识。"

"那你能告诉我有哪个女的姓名首字母是 L. L. 吗?"

他想了一会儿。

"没有。"他说,"有几个吉卜赛人和干粗活的名字我叫不上来,但本地的农户或乡绅大户里没有人的名字首字母是这样的。慢着,"他停顿了一下,又说道,"有个叫劳拉·莱昂斯的——她的姓名首字母是 L. L. ——不过她住在库姆特雷西峡谷镇。"

"她是什么人?"我问。

"是弗兰克兰的女儿。"

"什么！就是那个古怪的老头弗兰克兰？"

"就是他。她嫁给了一个姓莱昂斯的画家，那人当时是来沼地上写生的。结果他原来是个无赖，把她给甩了。不过从我听说的来看，过错恐怕不完全在男方。她父亲不想再跟她有任何瓜葛，因为她没有征得他的同意就结婚，或许还有别的什么原因。所以，既被少的遗弃，又遭老的嫌弃，两头受罪，那姑娘有段日子很不好过。"

"她靠什么过活的？"

"我猜老弗兰克兰会接济她一点小钱，但不会有多少，他自己那点打官司的事就要投入不少。无论她是怎样的咎由自取，也不能就这么看着她走投无路往坏道上去吧。她的事情传开后，此地有几个人帮了她一把，让她能够靠正当的劳动谋生计。其中有斯特普尔顿，还有查尔斯爵士。我本人也出了点钱。这么做是为了资助她做起打字的营生来。"

他想知道我打听这些有何目的，而我搪塞了几句，满足了他的好奇心，又没透漏太多实质性内容，要知道我们没有理由对任何人推心置腹。明天上午我就去库姆特雷西峡谷，倘若能见到这位让人觉得可疑的劳拉·莱昂斯太太，就能在解开这一连串谜的其中一环上迈出一大步。毫无疑问，我也渐渐开始有了伊甸园里那条蛇一般的智慧，变得狡猾了起来，莫蒂默一个劲追问得我难以招架的时候，我装作不在意地问他弗兰克兰的颅骨属于哪种类型，于是乎，在剩下的路途中就只听到他大谈颅骨学了。我跟夏洛克·福尔摩斯在一起住了这么多年，可不是白过的。

在这令人忧郁的骤雨狂风之日，我还要记下来的事只有一件，就是刚才我跟巴里莫尔的谈话，让我手上多了一张能在恰当的时机打出去的好牌。

莫蒂默留下来用了晚餐，饭后他和准男爵打埃卡泰牌戏①。管家帮我把咖啡送到书斋，我趁此机会问了他几个问题。

"对了，"我说，"你那位宝贝亲戚离开了吗，还是仍在那外头躲着呢？"

"不知道，先生。我巴不得他走了呢，他净给这儿添麻烦！我上次出去给他留下食物后就没有他的音信了，那是三天前的事。"

"当时你见到他了吗？"

"没有，先生，不过等我后来再到那边去的时候，吃的已经不见了。"

"这么说，他那会儿肯定还在？"

"这么想也没错，先生，除非拿走食物的是另外那个人。"

我坐在那儿，正往嘴边送的咖啡杯停在了半空中，眼睛盯向巴里莫尔。

---

① 一种两人玩的纸牌游戏，19世纪时盛行于法国和英国。

"这么说,你知道还有一个人?"

"是的,先生。沼地上还有一个人。"

"你见过他吗?"

"没有,先生。"

"'这么说,你知道还有一个人?'"

"那你怎么知道的?"

"塞尔登告诉我的,先生,就在一个星期前,也可能还要早些。那人也在躲着，但据我了解，他并不是犯人。我不喜欢这样，华生医生——我跟您直说了吧，先生，我不喜欢这样。"他突然激动地说道，语气严肃认真。

"嘿，听我说，巴里莫尔！我对这件事没有一点兴趣，只对你主人的事有兴趣。我来这里，只是为了帮助他，没有别的目的。你实话告诉我，你到底不喜欢哪样。"

巴里莫尔迟疑了一会儿，好像是在后悔自己突然发作，又好像是发觉一时难以用言语表达自己的感受。

"还不是这一桩桩怪事，先生，"他终于叫了起来，冲着那扇被雨水猛打的面朝沼地的窗户摆摆手，"那儿的什么地方谋划着害人的勾当，可怕的罪行正在酝酿之中，我敢肯定！先生，要是能看着亨利爵士再次回伦敦去，我高兴都来不及呢！"

"那到底是什么让你恐慌不安呢？"

"想想看查尔斯爵士是怎么死的！不管验尸官怎么判定，这件事也够可怕的了。想想看夜里沼地上传来的响声。出多少钱也没人敢在日落后穿越沼地。想想看在那外头躲着的神秘人，在暗中观察，伺机而动！他在等什么？这到底是怎么一回事？这对哪个姓巴斯克维尔的人都不是什么好事。哪天亨利爵士的新仆人可以接管府上的事务了，我就能欣然摆脱这一切了。"

"关于这个神秘人，"我说，"你能给我讲讲这人的情况吗？塞尔登是怎么说的？他发现这人藏在哪里了吗，知道这人在干什么吗?"

"他看见过这人一两回,但这人莫测高深,一点马脚都没露出来。起先他以为是警察,但很快他发现这人干着其特有的某种可疑的行当。据他看来,这人有点像是位体面人物,但至于这人在搞什么名堂,他就看不出来了。"

"他说这人住在哪儿?"

"山坡上的一间老房子里,就是古人住过的石屋里。"

"那吃的从哪儿来?"

"塞尔登发现此人有个男孩给他当听差,给他送必需品。想必他要的东西都是去库姆特雷西峡谷弄来的。"

"很好,巴里莫尔。这件事我们改日再细谈吧。"等管家走了以后,我走到黑魆魆的窗前,透过模糊的窗玻璃,望着疾驰的乌云,望着被狂风刮得左摇右摆的树影。这样一个风雨交加的夜晚,屋里就叫人够受的了,那么沼地上破陋的石屋之中又会是怎样的一番光景。能让一个人在这种时候潜藏在这种地方,究竟是什么样的深仇大恨!他非得经受这般考验,究竟是为了什么样紧要而迫切的目的!看来让我伤透了脑筋的问题的核心就在那里,在沼地上的那间石屋里。我发誓,不出一日,我就会用尽一切办法揭开谜底。

第十一章
突岩上的人

上一章的内容摘自我的私人日记,事情便讲到了十月十八日;从这时候起,这一桩桩离奇的事件开始迅速朝着可怕的结尾发展。接下来几天发生的事在我的记忆中刻下了不可磨灭的印记,我不用参考当时做的记录就能叙述出来。上回说到我查实了两个非常重要的事实:一是库姆特雷西峡谷的劳拉·莱昂斯太太给查尔斯爵士写了信,约他见面,约定的时间和地点正是他死亡的时间和地点;二是在山坡上的某间石屋里能找到潜藏在沼地上的神秘人。我就从这之后的一天讲起。掌握了这两个事实,我要是还不能把这纷乱如麻的谜团理出点头绪来,那我就该认为,不是我的才智不足,就是我的胆量不够。

头天晚上,莫蒂默医生留下来陪准男爵打牌打到很晚,我没有机会将我得知的有关莱昂斯太太的情况告诉准男爵。不过吃早餐时,我把我的发现告知了他,问他是否愿意陪我去趟库姆特雷西峡谷。起初他很想去，可我俩转念一想，都觉得我一个人去可能效果更好。去的阵仗越大，能打探出的信息就越少。于是我就撇下了亨利爵士，心里还是难免有些过意不去，而后坐马车踏上了新的探索之旅。

到了库姆特雷西峡谷，我叫珀金斯把马匹都安顿好，便去寻访我前来查问的那位女士了。我没费什么周折就找到了她的寓所，位置处在中心地带，里面设施齐全，陈设考究。一个女佣未经通报就径直把我领了进去；起居室里有个女子正坐在一台雷明顿打字机前，我进屋的时候，她一下子站起身来，眉开眼笑地表示欢迎。然而，等她发现来者是个生人的时候，便脸色一沉，又坐了下去，问我登门所为何事。

莱昂斯太太给我的第一印象是，好一个绝色美人。她的眼睛跟头发同样都是深绿褐色，脸颊上虽然有不少雀斑，却在深褐色头发和浅黑色皮肤的衬托下，泛着细腻而红润的光泽，宛若藏在硫磺蔷薇①花蕊中那一抹娇艳的粉。美得令人赞叹，我再说一遍，这是第一印象。但再一琢磨就是挑刺了。她的脸有种说不出的不对劲——表情略显难看，眼神似乎有些冷酷，嘴唇也有点松弛，这些便是美中不足了。当然，这都是后来才想到的。此刻，我只觉得，在我面前的是个模样十分端庄俏丽的女子，她正在问我来

---

① 因开出的花朵呈硫磺般带微绿的黄色而得名，原产于西亚。

访的原因。直到这一刻之前,我还没怎么意识到我此行的使命是何等棘手。

"我有幸,"我开口道,"认识令尊。"

这自我介绍真是哪壶不开提哪壶,女人的反应让我感觉到了这一点。"我跟我父亲之间没什么关系,"她说,"我什么都不欠他,他的朋友可不是我的朋友。要不是已故的查尔斯·巴斯克维尔爵士和别的几个好心人,我可能早就饿死了,我爸才不管我的死活哩。"

"我来这儿见你,是为了已故的查尔斯·巴斯克维尔爵士的事。"

女人脸上的雀斑一下子激了出来。

"他的事我有什么能告诉你的?"她问,手指紧张地拨弄着打字机上的限位器。

"你认识他,对吗?"

"我都说了,他待我很好,我欠他很大的人情。我能养活自己,很大程度上是因为他看我处境悲惨,对我深表关心。"

"你跟他通过信吗?"

女子迅速抬头看了一眼,绿褐色的眼睛里闪着怒火。

"你问这些问题究竟有什么目的?"她厉声问道。

"目的是避免传出流言蜚语,弄得尽人皆知。我在这儿把这些问题问清楚,总比事情传出去,闹得不可收拾要好。"

她不作声了，脸色仍旧很苍白。最后，她抬起头来，样子有些无所顾忌、目中无人。

"好，我说。"她说，"你都有什么要问的？"

"你跟查尔斯爵士通过信吗？"

"我确实给他写过几回信，对他体贴周到、慷慨解囊表达感谢。"

"还记得都是什么时候写的吗？"

"记不得了。"

"你和他见过面吗？"

"见过，他来库姆特雷西峡谷的时候见过几回。他这人不爱交际，喜欢做好事不声张。"

"可既然你没见过他几回，也没写过几回信，那你说他帮了你，你的事他怎么了解得那么清楚？不然也帮不上你的忙啊。"

她泰然自若地应对我的诘难。

"有几位先生知道我的那段伤心史，联手帮了我。其中就有一位是跟查尔斯爵士关系密切的乡邻斯特普尔顿先生。他人特别好，查尔斯爵士就是从他那儿听说我的事的。"

我早就知道，查尔斯·巴斯克维尔爵士有几次让斯特普尔顿替他施赈，因此这个女人的说法听上去所言不假。

"你有没有写过信给查尔斯爵士，要他跟你见面？"我接着问。

莱昂斯太太又一次气得涨红了脸。"真是的,先生,这个问题问得好莫名其妙。"

"抱歉,夫人,我必须再问一遍。"

"那我回答你,当然没有。"

"'真是的,先生,这个问题问得好莫名其妙。'"

"查尔斯爵士死亡的当天也没写过吗?"

那涨红了的脸刹那间褪去了颜色,摆在我面前的是一张死人一般惨白的面孔。她嘴唇发干,讲不出话来,嘴里的那个"没"

字，我与其说是听见的，不如说是看出来的。

"想必是你记错了。"我说，"我都可以说出你信里的一段原话来，是这么写的：'您乃正人君子，请务必必把这封信烧了，并于十点前到那门口。'"

我还以为她昏过去了，但她咬牙镇定了下来。

"天底下难道当真就没有正人君子了吗？"她喘着气说。

"你冤枉查尔斯爵士了。他确实把信烧了。不过，就算是烧了的信，有时候也能辨认得出字来。这下你总算承认你写过那封信了？"

"是，我是写过，"她滔滔不绝地大声诉起了衷肠，"我确实写了。我何必要否认呢？没什么好难为情的。我就是想让他帮我。我以为跟他见上一面就能得到他的帮助，所以就叫他跟我见面。"

"可为什么要挑这样一个时间？"

"因为那时我刚得知他第二天要去伦敦，可能要去几个月。出于某些原因，我没法早点到那儿。"

"那为什么要约在院子里见面，不去他家里见他呢？"

"一个女的大晚上一个人去单身汉的家里，你觉得合适吗？"

"好吧，你到那儿以后发生了什么？"

"我根本就没去。"

"莱昂斯太太！"

"我没去,我以我心目中视为神圣的一切向你起誓。我根本就没有去。临时出了点事,没去成。"

"什么事?"

"私事,无可奉告。"

"也就是说,你承认你约查尔斯爵士见面,时间和地点恰好就是他死亡的时间和地点,可你却又否认你赴约了。"

"事实就是这样。"

我翻来覆去地盘问她,可问来问去怎么也问不出别的什么名堂来。

"莱昂斯太太,"结束了这场漫长而毫无结果的面谈,我站起身来,说道,"你不把你知道的都毫无保留地和盘托出,就要承担非常重大的责任,就是将自己置于极易被人误解的境地。要是非得等到我请警察来帮忙,到时候你就会发现自己怎么都脱不了干系。如果你是清白的,为什么一上来就否认那天给查尔斯爵士写过信?"

"因为我怕会由此得出某种错误的推论,怕自己卷入流言蜚语之中。"

"那你为什么非要坚持让查尔斯爵士销毁你的信呢?"

"你都看过信了,应该知道为什么。"

"我没说我看过信的全文。"

"你不都说出其中一部分了嘛。"

"我只说出了附言。我说过,信已经烧毁了,不是所有内容都看得出来。我再问你一遍,你非要坚持让查尔斯爵士销毁这封他临死那天收到的信,究竟是为什么?"

"这里头涉及很重要的隐私,不便公开说。"

"那你就更有理由要避免公开调查了。"

"那我告诉你吧。你要是听说过我不幸的往事,就知道我曾草率结了婚,后来也因此很后悔。"

"我听说的就是这么些。"

"我一直被我丈夫揪住不放,我恨死他了。可法律站在他一边,我天天都担惊受怕,怕哪天他再逼我跟他住在一起。我当时给查尔斯爵士写这封信,是已经了解到,如果能支付一笔钱,我就有望重获自由。这对我而言至关重要——心里踏实、舒心畅快、重拾自尊——比什么都重要。我知道查尔斯爵士慷慨好施,心想他要是听我亲口讲述我的遭遇,就会帮我的。"

"那你怎么没去?"

"因为我在这期间从别的地方得到了帮助。"

"那你为什么不给查尔斯爵士写信说明一下?"

"我本来是要写的,没想到第二天早晨就在报上看到了他的死讯。"

女人的说法前后连贯,合乎逻辑,我问了这么多问题都找不出破绽来。要核实她的说法,我只能去查一查,在惨剧发生的时候或前后，她是否真的对她丈夫提起过离婚诉讼。

她若是真的去过巴斯克维尔府，不大可能敢撒谎说她没去过，她要从库姆特雷西峡谷去那儿必然得坐双轮马车，一去一回，不到凌晨不可能到得了家。这么一趟出行是瞒不过人的。因此，她多半说的是实话，或者至少一部分是实话。我失落而沮丧地离开了。我又一次碰了壁，在我为努力达到此行目的而走的每一条路上，似乎都横着这样一堵密不透风的墙。然而，我越回想女人的神情和举止，就越感觉她有什么事瞒着我。她的脸色为何变得如此苍白？她为何事事都要竭力否认，不到迫不得已的时候不肯供认？她为何在惨剧发生后缄口不言？想必这一切的答案绝非她想让我以为的那般单纯。眼下，这条路再往前走不通了，我只得回过头去查另一条线索，也就是要在沼地上的一间间石屋当中寻求答案。

而这无异于大海捞针。我坐车回家的路上，看到一山接一山的先民遗迹，便意识到了这一点。巴里莫尔只说那个陌生人住在一间废弃的石屋里，而散布在沼地各处的石屋有好几百间。好在我亲眼见过那人站在黑色突岩的顶上，要从哪儿找起，心里有数。也就是说，我不妨以黑色突岩为中心展开搜寻。从那里开始，我要搜查沼地上的每一间石屋，直到发现那间要找的石屋为止。如果那人在里面，我要让他亲口说出来，必要时用我的左轮手枪逼着他说，让他交代他是什么人，为什么尾随我们这么久。

在拥挤的摄政街上，他可以从我们眼皮底下溜走，但在这偏僻的沼地上，想要溜走可得叫他伤脑筋了。反之，假如我找到了那间石屋，而那人不在里面，我就守在那儿，不管守多久，一直等到他回来。在伦敦，福尔摩斯让他给跑了。连差遣我的这位探案大师上天入地都没能捉到的人，要是最终被我掘地三尺给逮到了，那我可真算是大出风头了。

在调查这桩案子的过程中，幸运之神一次又一次与我们背道而驰，但这一次终于眷顾了我。而幸运之神的这位信使不是别人，竟是弗兰克兰先生，只见他蓄着花白的连鬓胡子，脸膛通红，正站在自家花园的门外，门就朝着我的马车所走的大路。

"你好啊，华生医生，"他喊道，语气爽朗得出人意料，"你真得让马儿歇一歇啦，进来喝一杯，好好祝贺我一番。"

我自从听说他那样对待他的女儿后，对他就远远谈不上有什么好感了，可我又急着想打发珀金斯和四轮马车回去，这倒是个好机会。我下了车，捎信给亨利爵士，说我会步行赶回去吃晚饭，然后便随弗兰克兰进了他家的餐厅。

"今天可是我的大好日子，先生，是我人生中值得纪念的大吉之日。"他大声说着，一面还暗自笑个不停，"我一下子搞定了两件事。我就是要好好教教这地方的人，让他们知道，法律就是法律，让他们知道，这里有个人不怕诉诸法律。我确立了一条道路的通行权，可以穿越老米德尔顿家的庭园中央，从正当中横穿

"'你好啊，华生医生。'他喊道"

过去，就离他自家的正门不到一百码。你觉得怎么样？就是要教训教训这帮大亨，让他们知道，不能骑在老百姓头上作威作福，随意践踏老百姓的权利，让他们见鬼去吧！我还让人查封了芬沃西人常去野餐的那片林子。这帮讨厌鬼还真以为没有产权这回事，还真以为可以带上他们的报纸和酒壶成群结队想去哪儿就去哪儿。两件案子都判下来了，华生医生，都判我胜诉。打从约翰·莫兰爵士在自家的小猎物猎苑里射猎，我告他非法侵入告赢了以后，已经好久没有这么痛快过了。"

"你到底怎么打赢的这官司？"

"去翻庭审记录查一下吧，先生。值得一读——弗兰克兰诉莫兰案，由高等法院的王座法庭审判。打官司花了我两百英镑，但我胜诉了。"

"给你带来什么好处了吗？"

"没有，先生，什么好处都没有。我很自豪地说，这件事与我没有半点利害关系。我的所作所为完全是出于社会责任感。就拿一件事来说，我觉得芬沃西人今晚肯定会焚烧我的丑化像来泄愤。上回他们这么做的时候，我告诉警察应该制止这种可耻的示威。郡警察部队太不像话了，先生，竟然没有给我提供我应得的保护。弗兰克兰诉女王政府一案会让此事吸引公众的关注。我早就跟他们放过话了，他们这么对待我，总有一天会后悔的，而我的话已经应验了。"

"怎么个应验法？"我问。

老头摆出一副深知内情的表情来。"因为我本来可以告诉他们一件他们拼了命都想知道的事情；但我现在说什么也不会帮那帮浑蛋，无论如何都不会。"

我刚才还在搜肠刮肚，想找个借口脱身，不再听他说长道短，可现在他这么一说，我倒想再听一听了。我早就摸透了这个老家伙爱跟人作对的怪脾气，心里很清楚，但凡对他吐露的秘密表现出一丁点明显的兴趣，他一准会闭口不言。

"大概又是什么侵入他人地界偷猎的案子吧?"我装出一副不感兴趣的样子说道。

"哈哈，老弟，可比那种事大多了! 沼地上的越狱犯这事大不大?"

我瞪大眼睛。"你不会是说，你知道他在哪儿吧?"我说。

"我虽然不知道他确切的藏身之处，但我相当肯定能帮警察抓住他。你就没想到过，要抓住那人，就要查清楚他从哪儿弄的吃的，再顺藤摸瓜追查到他吗?"

看来他真的快抓到点子上了，这可不妙。"倒是可行，"我说，"可你怎么知道他一定就在沼地上的什么地方呢?"

"我当然知道，因为我亲眼看到过给他送饭的人。"

我心里一沉，替巴里莫尔担起心来。要是被这个爱惹是生非又好管闲事的老头抓住了把柄，可就惨了。但他接下来的话让压在我心上的一块石头落了地。

"你一定想不到，他吃的东西是一个小孩给他送去的。我每天都从屋顶上的望远镜里看见他。他总是同一时间经过同一条路，不是去找那越狱犯，还能是去找谁?"

真是撞大运了! 不过我克制住了自己，尽量装出一副不感兴趣的样子。一个孩子！巴里莫尔说过，给那个身份不明的神秘人送吃穿用品的就是一个男孩。弗兰克兰意外发现的，不是越狱犯的踪迹，而是神秘人的踪迹。我要是能把他知道的套出来，或许就省得我费时费力去找了。而装出一副不相信和不感兴趣的样子显然是眼下最妙的计。

"要我说啊，多半是哪个沼地牧羊人的儿子给他父亲去送晚饭吧。"

哪怕表现出一丁点不顺着他的意思，都惹得这个老顽固火冒三丈。他凶巴巴地瞪着我，花白的连鬓胡子竖了起来，像一只发怒的猫耸起的须。

"哼，先生！"他指着外面绵延的沼地说道，"你瞧见那边的黑色突岩了没？好，你再往远处看，长着荆棘树的那座矮山丘，瞧见没？那是整片沼地上石头最多的地方。牧羊人怎么可能去那种地方放牧？先生，你这种说法真是荒唐至极。"

我唯唯地应道，是我没有了解清楚情况就妄言了。我顺了他的意，他一高兴，便透露了更多信息。

"你大可放心，先生，没有把握的事我是不会胡乱发表意见的。我已经不止一次看见那个带着包袱的男孩了。一天一次，有时候一天两次，我都能……等会儿，华生医生。是我眼花了吗？那山坡上这会儿是不是有什么东西在动？"

他说的那个地方离我们有几英里远，但在暗绿色和灰白色背景的衬托下，我能清楚看到一个小黑点。

"快，先生，快来！"弗兰克兰边喊边往楼上冲，"你来亲眼瞧瞧，然后自己来判断。"

那望远镜是个安在三脚架上的大得吓人的仪器，立在房子平坦的铅板屋顶上。弗兰克兰猛地将眼睛贴了上去，得意地叫了起来。

"快，华生医生，快看，趁他还没翻过山头！"

"弗兰克兰猛地将眼睛贴了上去"

果真，他就在那儿，一个破衣烂衫的小毛孩，肩上背着一个小包袱，正吃力地缓缓往山上爬。就在他爬到山顶的时候，有那么一会儿，在清冷的蓝天的映衬下，我看见了他那衣衫褴褛又举止粗野的身影。他偷偷摸摸朝四下张望，一副鬼头鬼脑的模样，生怕被人跟踪似的。接着便消失在了山的那边。

"怎么样！我说得没错吧？"

"一点没错，是有个男孩，好像在干什么见不得人的差事。"

"干的什么差事，就连郡里的小警员都猜得着。但他们休想从我嘴里打听到一个字，请你也务必要保密，华生医生。什么都别说出去！明白了吧！"

"听你的就是了。"

"他们那样对待我真不像话，简直太不像话了。等弗兰克兰诉女王政府案的案情一披露，我敢说会轰动全国，激起公愤。我说什么也不会帮那些警察的忙，无论如何都不会。就算那帮无赖在火刑柱上烧的不是我的丑化像，而是我本人，他们也不会管我的死活。你可不能走啊！为了庆祝这一盛事，你可要帮我一起把这盛酒瓶①里的酒干喽！"

不过，我谢绝了他的再三挽留，还好不容易打消了他要陪我走回家的念头。我一直顺着大路走，直到他看不见我了，我便改

---

① 斟酒前用以滤除沉淀物的细颈玻璃盛酒瓶。

道穿越沼地，朝方才男孩消失的那座满是石头的山丘那儿赶。事事都朝着对我有利的方向发展，我发誓，决不能因为精力不济或恒心不足而错失幸运之神摆在我面前这千载难逢的机会。

我爬上山顶的时候，夕阳已在西坠。我身下两面长长的斜坡，一面全是明晃晃的金绿色，另一面则笼罩着昏暗的阴影。一层暮霭低悬于最远处的天际线，形状怪异的贝利弗和维克森突岩破雾而出。四野茫茫，没有一点动静。一只灰色的大鸟，不知是鸥还是杓鹬①，在碧空的高处翱翔。我和它似乎是这巨大的苍穹与苍穹之下的荒野之间仅有的活物。荒凉的景象、孤寂的感觉，还有我那疑团重重又刻不容缓的任务，这一切让我感到一阵寒意袭上心头。哪儿也见不到男孩的踪影。然而，就在我下方的一个山沟里，有一圈古老的石屋，当中有一间还留有足以用来遮风挡雨的屋顶。我看见那间屋子的时候，心都要跳出来了。这一定就是那个神秘人潜伏的藏匿之处。我总算踏上了他藏身之所的门槛了——他的秘密我已触手可及。

我小心翼翼地走近石屋，就像斯特普尔顿稳稳举着网兜蹑手蹑脚靠近一只停落的蝴蝶那样。果然如我所料，这个地方确实有人住。乱石巨砾间有一条隐约可辨的小路通往一处当作门的残破缺口。里面静悄悄的。那身份不明之人或许正躲在里面，又或许

---

① 生活在水边的大型鸟，腿长，喙长而下弯，尤指欧亚的白腰杓鹬。

正在沼地上潜行。冒险的感觉令我激动不已。我把香烟扔到一旁，紧紧握住左轮手枪的枪托，迅速走到门口，往里看去。屋里空无一人。

不过有充分的迹象表明，我没有找错地方。这里肯定就是那人的栖身之处。就在新石器时代的人睡过的那块厚石板上，放着用一块防水布卷起来的几条毯子。临时搭就的简陋的炉栅上堆着炉灰。旁边放着一些炊具和一个半满的水桶。堆得乱七八糟的空罐头表明有人在这地方住了有些时日了，等到眼睛适应了明暗交错的光线时，我还发现角落里放着一个金属小酒杯和半瓶烈酒。石屋中央有一块平滑的石头充当桌子，上面放着一个小布包——想必就是我从望远镜里看到男孩肩上背的那个包袱。里面有一条面包、一听牛舌，还有两听桃罐头。我仔细检查过后，正要把包袱放下，突然心头一惊，只见包袱下面放着一张纸，上面有字。我拿起来，看见上面用铅笔潦草地写着："华生医生已去过库姆特雷西峡谷。"

有那么一会儿，我站在那儿，手里拿着那张纸，琢磨着这短短一行字有何含义。也就是说，被这个神秘人尾随的不是亨利爵士，而是我。他并没有亲自跟踪我，而是派了人——也许是那个男孩——来跟踪我，而这就是他报告的消息。说不定从我踏上沼地以来，一举一动都被人监视并报告上去了。我总感觉有一股无形的力量，像是谁以无比高明而巧妙的手法，在我们周围收起一张细密的网，如此不着痕迹地把我们兜在里面，只有到了某个最紧要的关头，你才意识到其实已经被网缠住了。

既然有一份报告，就可能还有其他的报告，于是我在屋里四下寻找。然而，没找到任何类似的东西，也没发现任何迹象，看不出住在这怪地方的人是什么性格或是有什么目的，只看得出来，此人一定有斯巴达式清苦的生活习惯，生活上不怎么追求舒适。我看着豁着口子的屋顶，再想到那天连绵的暴雨，就更深切地体会到，他能坚持住在这个没法住人的陋室里，得有多么坚定而不可动摇的决心。他是对我们心怀恶意的对手吗？又会不会是守护我们的天使？我发誓，不弄明白，我是不会离开这屋子的。

屋外，夕阳快要沉下去了。西面闪耀着猩红和金黄的斜晖，映照在远处散布于戈庚穆盆大泥潭的水洼之中，泛起片片红光。那边可以望见巴斯克维尔府的两座塔楼，还有远处，朦胧的炊烟袅袅升起，标明了戈庚穆盆村庄的方位。在这两处地方的中间，那座山丘的后面，就是斯特普尔顿家的宅第。在金色的夕照下，一切都显得甜美、柔媚和静谧。然而，我望着眼前的景象，心里却丝毫感受不到大自然的安宁，想到每时每刻都在逼近的这场会面，只觉得忐忑不安，心惊胆战。我虽然神经万分紧张，但意志无比坚定，我如临大敌般坐在石屋里阴暗的隐蔽处，耐心地等待那位住客的到来。

后来，我总算听到他的动静了。远处传来靴钉撞击在石头上发出的尖锐的咯噔咯噔声。跟着一下又一下,声音越来越近。我退回最暗的角落里,将口袋里手枪的击铁扳好,决定先不暴露自己,等逮到机会见到那人的影儿了再现身。声音停顿了很长一会儿,表明他停下了脚步。随后脚步声再一次靠近,一个黑影从石屋的门口落了进来。

"暮色这么美,我亲爱的华生,"一个熟悉的声音响起,"我真的觉得,你到外面来可比躲在里面要舒服。"

"一个黑影从石屋的门口落了进来"

第十二章
沼地上的惨案

我僵坐在那儿，一时间呆若木鸡，简直无法相信自己的耳朵。随后，我回过神，又能说出话来了，与此同时，压在我心头的千斤重任仿佛顷刻间卸了下来。说话能有这冷冷的、犀利的，而又讥讽的腔调的，全天下唯有一人。

"福尔摩斯！"我叫了起来——"福尔摩斯！"

"出来吧，"他说，"请当心枪走火。"

我弓身从简陋的门楣下望出去，他就坐在外面的一块石头上，目光落在我惊愕的面孔上，灰色的眼睛闪着忍俊不禁的笑意。他虽然看上去清瘦而憔悴，却依然清醒而机警，那张机敏的脸晒成了古铜色，受风吹而变得粗糙。他身穿那身粗花呢套装，头戴那顶布帽子，看起来跟沼地上的寻常游客没什么两样。他跟猫一样，爱把自己捯饬得干干净净，这是他的一大特点，所以居然还能把下巴弄得那样光光的，把衬衣弄得那么整洁，如同在贝克街那般。

"他就坐在外面的一块石头上"

"我这辈子见到谁都没这么高兴过。"我攥紧他的手说道。

"是没这么震惊过吧,嗯?"

"好吧,这点我必须承认。"

"我向你保证,吃惊的不光是你。我没想到你找到了我临时的隐居之处,更没想到你会埋伏在里头,我走到离门口不到二十步的时候才发现。"

"是我的脚印暴露了吧?"

"不是,华生。要在全天下所有人的脚印中认出你的脚印,这恐怕我没法保证能做到。你要是真想骗过我,就得换家烟草店买烟;我只要一看见印着'牛津街布拉德利烟草行'的烟蒂,就知道我的朋友华生在附近。那小路旁就有一个。想必是你在冲进空屋子的当口扔下的。"

"一点也没错。"

"果然不出我所料——我又素知你那股执着得叫人佩服的劲儿,一准知道你正坐着打埋伏,手边有武器,等着住在里面的人回来。这么说,你居然以为住在这儿的是凶手?"

"我不知道躲在这儿的是什么人,但我下定了决心要查个明白。"

"好样的,华生!那你是怎么找到我的藏身之处的?也许是你们追捕越狱犯的那天晚上看见我的吧?当时我太大意了,站在了升起的月亮前面。"

"是的,我就在那时候看到你的。"

"然后想必是把一间间石屋找了个遍,最后找到这里来了吧?"

"这倒不是,是你差使的男孩被发现了,从而让我有了寻找的方向。"

"准是有望远镜的那位老先生发现的。我第一次看见那镜片上的反光时,还弄不明白那是什么东西呢。"他站起身来,朝石屋里张望。"哈,我看卡特赖特拿了些日常用品过来。这张纸上写了什么?这么说,你去过库姆特雷西峡谷了,对吗?"

"对。"

"去见劳拉·莱昂斯太太了?"

"一点也没错。"

"干得漂亮!我俩的调查显然一直朝着很相近的方向齐头并进地展开,等我们把结果汇总起来,我看差不多就能了解此案的全貌了。"

"哎呀,你在这儿,我打心底里高兴,沉重的责任也好,难解的谜团也罢,都真的快让我受不住了。你到底怎么会突然到这儿来的?来了以后都在搞些什么名堂?我还以为你在贝克街忙着侦破那桩勒索案呢。"

"我就是要你这么以为。"

"这么说,你一面使唤着我,一面又信不过我!"我颇有些委屈和愤懑地大声埋怨道,"我自认为还不至于让你这么待我吧,福尔摩斯。"

"我的好伙计,你在这桩案子上,跟在许多别的案子上一样,给我的帮助是千金难买的;若是我此举看似要花招戏弄了你,那恳请你原谅我。实际上,我这么做,一定程度上正是为你着想,我是体谅你所冒的危险，才下乡来亲自调查此事。我要是同你和亨利爵士待在一起，我看问题的角度必定会跟你们没什么两样，而且我一旦露面，就会让我们难以应付的对手警惕起来。而照现在这样，我才得以放开手脚，随意行动，若是我一来就住在府里，这一点是不可能办得到的；而且这样的话，我在这场较量中仍是不为人知的一招，准备在关键时刻出其不意，倾力出击。"

"那为什么要把我蒙在鼓里呀？"

"让你知道了也没什么用，还有可能会让我暴露。你知道的话，势必会想过来告诉我点什么，或是出于好意，给我带这样那样的吃用东西出来，让我过得舒适些，这样一来，就会冒不必要的风险。我把卡特赖特一起带来了——你还记得信差所里那个小家伙吧——我的生活必需品都是他照料的，很简单：一条面包和一件干净的衬衣。夫复何求？有了他，我多了一对眼睛，添了一双非常勤快的腿，这两样东西都起到了不可估量的作用。"

"那我的报告都白写了！"我回想起自己写那些报告时所花的力气和当时心中的成就感，说话的声音都颤抖了。

福尔摩斯从兜里掏出一沓纸来。

"你的报告都在这儿呢，我亲爱的好伙计，我向你保证，我都认真翻阅过了。我安排得很到位，报告送过来的路上只耽搁一天。我得好好夸一夸你在一宗异常棘手的案子上表现出来的热情和智慧。"

本来我因为受了蒙骗还在气头上，但福尔摩斯这番热情的赞扬消了我心中的怒气。我内心还感觉他说得很对，他在沼地上这事我是不该知道，这样确实最有利于我们达到目的。

"这样才好嘛。"他见我脸上的阴云散去，说道，"好，说说你去拜访劳拉·莱昂斯太太有什么收获——我不难猜到，你去库姆特雷西峡谷是为了见她，我已经了解到，在这件事情上，可能对我们有用的人那地方只有她一个。事实上，你今天要是没去，我明天极有可能自己也会去。"

太阳已经落山了，沼地笼罩在渐浓的暮霭之中。寒气四起，我们躲进小屋里避寒。在石屋里，我俩一同坐在朦胧的暮色之中，我把我与那女子的说话内容讲给了福尔摩斯听。他听得十分入神，有几处我得复述两遍他才罢休。

"你说的事至关重要。"我讲完以后，他说道，"填补了我在这件极其复杂的事上一直没能弥合的缺漏。也许你已经发现了，这个女子与那个叫斯特普尔顿的男人关系很亲密吧？"

"我没发现他俩关系亲密。"

"这一点错不了。两人经常见面、通信，必有深交。这样一来，我们手里就多了一招杀手锏。要是能用来离间他妻子……"

"他妻子？"

"我现在来给你透露点信息，算是作为你给我提供那么多信息的回报吧。在此地被人当作斯特普尔顿妹妹的那位女子实际上是他的妻子。"

"天哪，福尔摩斯！此话当真？那他怎么可能听任亨利爵士爱上她呢？"

"亨利爵士爱上她，对谁也没有害处，除了对亨利爵士自己。他格外留神，不让亨利爵士有机会向她示爱，这你自己也看到过了。我再说一遍，那女的是他妻子，不是他妹妹。"

"可为何要煞费苦心地设这么一个骗局呀？"

"因为他预料到，让她以未婚女子的身份示人，对他就会有用得多。"

我种种没有言明的直觉，所有隐隐约约的疑窦，突然间有了眉目，全都集中到了那个博物学家身上。那个不动声色、肤色苍白的人，头戴他那顶草帽，手拿他那只捕蝶网，在他身上，我似乎看到了什么可怕的东西——一个耐性极强、诡计多端之徒，脸上笑眯眯的，肚子里却暗藏杀机。

"这么说，我们的对手就是他？在伦敦尾随我们的就是他？"

"这个谜我是这么解的。"

"还有那封警告信——肯定是那女的写的！"

"正是。"

透过围困了我这么久的黑暗，某种骇人的罪恶就这么在半解半猜之中赫然现出模糊的幽影来。

"福尔摩斯，这事你可确定？你怎么知道那女人是他妻子？"

"因为他在头一回见你的时候,一时忘乎所以,把他的一段真实经历给说漏嘴了,他后来大概不止一次为此后悔呢。他在英格兰北部当过教书先生。这下好了,没有什么人比一个教师更容易追查的了。所有从事过这一行业的人都可以通过教师职业介绍所查到。稍作调查我就了解到,有所学校因办学状况恶劣而不幸倒闭,开这所学校的人——叫另一个名字——和他妻子一起消失了。夫妻俩的相貌特征与这两人吻合。在我得知那下落不明的男人热爱昆虫学的时候,就彻底确定他的身份了。"

黑暗正渐渐消散,但仍有许多真相藏在阴影之中。

"如果这个女人实际上是他的妻子,那劳拉·莱昂斯太太在里边又算怎么回事?"我问。

"有几个问题从你自己的调查当中就能看出端倪来,这就是其中一点。你与那女子的面谈让情况变得明朗了许多。我本来不知道她和她丈夫闹离婚。若真是那样的话,她把斯特普尔顿当成单身男人,指望当他妻子也就顺理成章了。"

"她要是一旦得知自己被骗呢?"

"呦,那到时候这位女士可能就派得上用场了。我们的首要任务得是去见她——我俩都去——明天就去。华生,你不觉得你离开职守太久了点吗?你该在巴斯克维尔府里守着才是。"

最后一抹红霞从西边褪去了,沼地上夜幕已经降临,紫罗兰色的天空中闪烁着几点若隐若现的星光。

"最后一个问题，福尔摩斯，"我边说边站起身来，"你我之间想必不用藏着掖着吧。这一切到底是怎么回事？他到底有什么目的？"

福尔摩斯一边回答，一边压低嗓门：

"是谋杀，华生——是精心策划、残忍无情的蓄意谋杀。具体你先别问了。正如他的网要套住亨利爵士一样，我的网也快要套住他了，而在你的帮助下，他基本上已经逃不出我的掌心了。能对我们构成威胁的只有一种情况，就是他在我们准备收网之前先下手。再过一天——顶多两天——我就能充分论证我的推断，但在此之前，你要看好你负责守护的人，就像慈母守着生病的孩子那般，寸步不离。你今天这番行动是有你这么做的道理的，可我倒宁愿你没离开他的左右。听！"

一声骇人的尖叫——惊恐又痛苦的持久的大叫——突然从寂静的沼地上响起。听到这一声令人毛骨悚然的喊叫，我吓得血管里的血液都凝固了。

"我的天哪！"我倒抽了一口凉气。"什么声音？怎么回事？"

福尔摩斯这时已经霍地立起身来，我看见石屋门口他那矫健的黑色轮廓，他弓着背，探出脑袋，朝黑暗中仔细瞧。

"嘘！"他低声说，"别出声！"

刚才那叫喊因声嘶力竭听起来很响亮，但却是从幽暗的旷野上的某个地方远远传来的。此刻，叫声突然出现在我们耳畔，比刚才更近、更响、更急。

"在哪儿?"福尔摩斯低声问;从他激动的声音中听得出来,连他这个意志如钢铁般坚强的人,内心都大受震撼。"在什么地方,华生?"

"我听着像是那儿。"我往黑处指了指。

"不对,是那儿!"

撕心裂肺的喊叫声又一次扫过寂静的夜晚,声音比先前都要大,而且距离近得多。还有一种之前没有的声音与其交织在一起,是一种低沉而持续的咕噜声,似音乐般抑扬顿挫,却叫人胆寒,一起一落,如海浪永无休止的呢喃。

"是猎犬!"福尔摩斯喊了起来,"快,华生,快!天哪,怕是来不及了!"

说话间,他已经飞快地跑了起来,在沼地上穿行,而我紧跟在他后面。这时,就在我们前方那崎岖的空地中的某处,传来最后一声凄绝的惨叫,接着是砰的一声沉重的闷响。我们止步细听。无风的夜晚一片沉寂,再没有响起半点声音。

我看见福尔摩斯一脸懊恼地把手放在额头上,使劲跺着脚。

"他抢在了我们前头,华生。来不及了。"

"不,不,不会吧!"

"我好傻,竟然迟迟不出手。还有你,华生,瞧瞧你擅离职守的后果!不过,老天在上,要是他遭遇不测,我们一定会替他报仇！"

我们摸黑在幽暗的暮色中奔跑，在乱石巨砾间跌跌撞撞，硬是在金雀花灌木丛中挤出一条道，气喘吁吁地爬上山丘，又冲下山坡，一直朝着那一阵阵可怕的声音传来的方向而去。每到一处坡顶，福尔摩斯都急切地四下张望，可沼地上暮色已浓，阴沉的地面上什么动静都瞧不见。

"你能看见什么吗？"

"什么也没看见。"

"你听，那是什么声音啊？"

传入我们耳中的是一声低沉的呻吟。又是从我们左面传来的！那边有一条岩石形成的山脊，山脊尽头是一座陡峭的悬崖，悬崖下面是一片布满石头的坡地。在坡地凹凸不平的表面上，有个黑乎乎又不规则的物体呈大字形躺在那儿。我们跑过去，那模糊的轮廓渐渐清晰了起来。那是一个人，脸朝下俯卧在地上，脑袋以一种可怕的角度歪在身下，曲着肩膀，弓起身子，像是要翻筋斗似的。那姿势怪异至极，我一时间都没有意识到，刚才那声呻吟是他魂归西天时发出来的。此刻，我们俯身查看的这个黑色身影再没有一丝声息，没有一点声响。福尔摩斯把手放在他身上，立刻惊恐地叫了一声，又把手缩了回来。他划亮一根火柴，火柴的微光照在那凝着血块的手指上；照在那触目惊心的血泊上，血泊从受害者被压得变形的头骨旁慢慢扩大；还照在了一样东西上，一样叫我们心里难受得快要昏过去的东西上——正是亨利·巴斯克维尔爵士的尸首！

"那是一个人，脸朝下俯卧在地上"

这身独特的红兮兮的粗花呢套装我俩谁都不可能忘记——我们在贝克街街头一次见他的那个上午，他身上穿的就是这套行头。我们只看到一眼便认了出来，接着火柴闪了闪就灭了，我们心中的希望也一同破灭了。福尔摩斯叹息着，脸色在黑暗中隐隐泛白。

"畜生！这畜生！"我紧攥着双拳叫道，"啊呀，福尔摩斯，是我抛下他不管，眼看着他遭此下场，我永远也不会原谅自己。"

"我的过错比你要大，华生。为了周密而圆满地论证我的推断，我竟然置委托人的安危于不顾。这是我职业生涯中遭受过的最大的打击。可是我怎么会知道——我怎么可能会知道——他竟然会不顾我再三警告，冒着生命危险只身一人到沼地上来呢？"

"我们听到了他的尖叫声——天哪，那一声声惨叫！——却居然没能救下他！把他害死的那条猎犬，那只畜生，在哪儿呢？它这会儿可能正潜伏在这些岩石当中。还有斯特普尔顿，他人在哪儿？他必须为此付出代价。"

"他跑不了，我不会放过他。伯侄二人相继遭了毒手——一个见了他以为是鬼怪的猛兽就被吓死了，另一个为了摆脱这头野兽拼命逃跑，结果被逼到走投无路丧了命。可眼下得证明这一人一兽之间的联系。由于亨利爵士明显是摔死的，光凭我们听到的声音，我们甚至都不能断言真的有这么一条猎犬。苍天在上，这家伙再狡猾，过不了明天，也一定会落入我的掌心。"

我俩站在血肉模糊的尸体两侧，心里很不是滋味。费了这么久的功夫，花了这么大的力气，却因为这场突如其来而又不可挽回的灾祸，落得这么个可悲的收场，真叫我们受不了。随后，月亮升了起来，我们爬上岩石山顶，这位不幸的朋友就是从这里摔下去的。我们从崖顶凝眸眺望幽暗的沼地，沼地上一半是银灰色的，一半是黑黝黝的。数英里开外的远处，在戈岜穆盆那个方向，一点黄色的光稳稳地亮着。那只可能是从斯特普尔顿家那所孤零零的宅子里发出来的。我凝视着那亮光，狠狠咒骂着朝那边挥了挥拳头。

"我们为什么不立马去抓他呢？"

"我们掌握的罪证还不充分。那家伙谨慎、狡猾到了极点。现在问题不在于我们知道什么，而在于我们能证明什么。我们只要走错一步，那恶棍就有可能从我们手中逃脱。"

"那我们要怎么办？"

"我们明天有好多事要办。今晚我们能做的就是给这位不幸的朋友料理后事。"

我们俩一道下了陡峭的斜坡，朝尸体走去，在泛着银灰色光泽的石头的衬托下，黑乎乎的尸体显眼得很。看着扭曲着的四肢那痛苦的惨状，我突然一阵心痛，泪水模糊了我的视线。

"我们得叫人来帮忙，福尔摩斯！我们没办法这么远把他弄回府上。天哪，你疯了吗？"

我话还没说完，只听得他发出一声惊呼，朝尸体俯下身去。这会儿，他直起了身来，又是跳，又是笑，兴奋地紧紧抓着我的手。这还是我那位不苟言笑、不露声色的朋友吗？他竟有如此热情似火的一面，真瞧不出来！

"胡子！胡子！这人有胡子！"

"胡子？"

"这人不是准男爵——这是——呀，是跟我一样躲在沼地上的那个人，是那个越狱犯！"

我们激动地赶忙把尸体翻了过来，那血淋淋的胡子朝天翘着，直指清寒的月亮。瞧那突出的前额和野兽般深陷的眼睛，准错不了，确实就是那晚在烛光下从岩石后面恶狠狠盯着我的那张脸——罪犯塞尔登的脸。

"那张脸——罪犯塞尔登的脸"

我一下子就都明白了。我记起来，准男爵跟我说过，他把旧衣裳给了巴里莫尔。巴里莫尔为了帮助塞尔登逃亡，又把衣裳转送给了他。靴子、衬衫、帽子——从头到脚都是亨利爵士的。这场悲剧还是够惨烈的，不过依照国家法律，这人至少也算死得不冤了。我把事情的原委解释给了福尔摩斯听，心中万分庆幸，欣喜不已。

"这么说，是这身衣裳让这倒霉的家伙送了命。"他说，"事情够清楚了，猎犬嗅过亨利爵士的某样衣物——十有八九是从旅馆里窃取的那只靴子——就被放了出来循着这气味追猎，于是找到了这个人，对他穷追不舍。不过，有一件事很奇怪：塞尔登在黑暗中怎么会知道猎犬在追踪他呢？"

"他听见声音了吧。"

"在沼地上听到猎犬的声音，不至于让这么个冷酷无情的凶犯突然吓得这样魂不附体，吓得不顾再次被抓的风险拼命尖声呼救。听他前前后后的喊叫声，他肯定在发现被那牲畜追踪以后逃了很长一段路。他是怎么发现的呢？"

"我更想不通的是——假定我们的推测全都正确——这猎犬为什么……"

"我不作任何假定。"

"那好吧，我更想不通的是这猎犬为什么偏偏在今天晚上被放出来呢。我想它不是天天在沼地上乱跑的。斯特普尔顿不会随便放它出来,除非他心里有数,知道亨利爵士会到沼地上来。"

"我的疑问比你的更难解答,我看你的疑问我们很快就能找到答案,而我的疑问可能会成永远解不了的迷。眼下的问题是,我们要拿这可怜虫的尸体怎么办?总不能丢在这儿喂狐狸和渡鸦吧。"

"要我说,先找间石屋放一放,等联系上警察再说。"

"所言极是。估计你我也只能抬得动这点路了。嘿,华生,瞧谁来了?那人亲自现身了,胆子真是大得不得了!听得出疑心的话一句也不要说——一个字都不能说,不然我的计划就都落空了。"

沼地那边有个人影正朝我们走来,我看见一根雪茄发出暗红色的光。月光照在那人身上,我能认出那个博物学家矮小利落的身影和轻快的步伐。看到我们,他停住了脚步,接着又走上前来。

"哟,华生医生,是你吗,不是吧?万万没想到这么晚了还会在沼地上见到你。哎呀,这是怎么了?有人受伤了?不会是——该不会是我们的朋友亨利爵士吧!"他急忙从我身边走过,俯身去看死者。我听见他猛吸一口气,雪茄从他手指间掉落了下来。

"这……这是谁?"他结结巴巴地问道。

"是塞尔登,从王子镇那儿逃出来的那个犯人。"

斯特普尔顿转过来面向我们，脸色死一般煞白，但他极力控制住了自己的惊愕和失望，目光锐利地看着福尔摩斯，又看了看我。"天哪！太叫人震惊了！他怎么死的？"

"'这……这是谁？'他结结巴巴地问道"

"看样子是从高处的这些岩石上掉下来摔断了脖子。我和我同伴在沼地上散步的时候，听到了一声喊叫。"

"我也听到了喊叫声，所以才出来看看。我担心亨利爵士出事。"

"为什么偏要担心亨利爵士呢?"我忍不住问道。

"因为我约了他来我家坐坐。见他没来,我就觉得奇怪,又听到沼地上的叫声,我自然就担心起他的安危了。对了,"他的目光又从我的脸上飞快地扫向福尔摩斯的脸上,"除了喊叫声,你们还听见别的什么了没?"

"没有,"福尔摩斯说,"你呢?"

"没有。"

"那你是什么意思?"

"哎呀,你知道农户都在传的那些故事吧,关于幽灵猎犬什么的。据说夜里能在沼地上听见它的叫声。我就寻思着今晚有没有人听到过这样的声音。"

"我们没听到这样的声音。"我说。

"那依你看,这可怜的家伙是怎么死的?"

"想必他又是焦虑,又是挨冻,被逼得神志不清,便疯了似的在沼地上到处乱窜,最后从这儿跌落下来,摔断了脖子。"

"听上去这种推测是最说得通的。"斯特普尔顿说,接着出了口气,在我看来他这是松了口气。"你怎么看,夏洛克·福尔摩斯先生?"

我的同伴欠身致意。"你认人认得真准。"他说。

"自从华生医生下乡来了之后,我们这一带的人一直在盼着你来。你来得正好，赶巧碰上了一桩惨案。"

"是啊，还真是时候。真相想必就像我同伴说的那样。我明天回伦敦可要带着不愉快的回忆了。"

"啊，你明天就回去？"

"我是这么打算的。"

"但愿你此行让那一桩桩叫我们费解的怪事有了点眉目吧？"

福尔摩斯耸了耸肩。

"人不可能总是得偿所愿。侦查人员要的是事实，而不是传说或传闻。这案子就不是桩说破就能破的案子。"

我的同伴说话的时候带着他那副最直言不讳、最若无其事的样子。斯特普尔顿仍旧直直地盯着他。接着，他转过来对着我。

"我原想着把这可怜的家伙弄到我家里去，但这样肯定会吓坏我妹妹，所以我觉得不妥。我看把他的脸盖起来，明天早上之前不会有事的。"

于是就这么办了。斯特普尔顿殷勤地提出要招待我们一番，我和福尔摩斯婉言谢绝，出发前往巴斯克维尔府，让这位博物学家独自返回。我们回头望去，只见他的身影朝广阔的沼地那边渐渐远去，在他身后，那泛着银灰色光泽的斜坡上有一团模糊的黑影，那人就躺在那儿，落了个如此凄惨的下场。

"终于要正面交锋了，"我俩一同穿越沼地时，福尔摩斯说道，"这家伙真是面不改色！他发现自己谋害错了人，换作别人面对这种事,早就吓得动弹不得了,他居然还能这般方寸不乱。我在伦敦就跟你说过了,华生,我现在再跟你说一遍,我们还从来没碰到过如此值得与之一较高下的劲敌呢。"

"很遗憾,让他看见你了。"

"一开始我也很遗憾。但总归瞒不过去的。"

"既然他知道你来了,你觉得对他的计划会有什么影响?"

"可能会让他更谨慎,也可能逼得他立刻狗急跳墙。跟大多数狡猾的罪犯一样,他可能对自己的聪明自信过头,以为彻底把我们骗过去了。"

"干吗不马上逮捕他?"

"我亲爱的华生,你天生就是个说干就干的急性子。你的这种天性让你总爱风风火火地干些费劲的事。为了讨论起来方便,姑且就当今晚将他逮捕了,那这么做究竟能让形势好到哪里去呢?我们拿不出半点对他不利的罪证。这就是他如魔鬼般狡猾的地方!如果他是借其他人类之手作恶的话,我们多少还能搜集到一些证据;但现在就算我们把这条巨犬拖到光天化日之下,也没法帮我们把套索套在它主人的脖子上。"

"我们总有据可辩吧。"

"一丁点真凭实据都没有——有的只是些推测和猜想罢了。光拿着这么一个故事和这点所谓的证据上法庭,会被一笑置之,拒之门外。"

"查尔斯爵士的死可以算吧。"

"是死了,可身上没发现任何伤痕。你我都知道,他完全是活活被吓死的,也知道他是让什么给吓死的,可我们要怎么让十二名一本正经的陪审团成员相信呢?有哪些迹象表明有这么一条猎犬呢?尖牙咬过的印子在哪儿呢?我们当然知道猎犬不会咬死尸,知道查尔斯爵士在被那畜生追上之前就毙了命。但我们必须证明这一切,而目前我们证明不了。"

"那今晚这样呢?"

"今晚这样也好不了多少。还是一样,这个人的死和猎犬之间找不到直接的联系。我们并未亲眼见到过这条猎犬。我们听到了它的声音,但不能证明它当时在循着嗅迹追踪这个人。这里面完全找不到作案动机。不行,我亲爱的伙计,我们必须接受事实,就是目前我们手上根本没有足以定案的证据,还有就是为了找出这样的有力证据,冒再大的险都值得。"

"那你打算怎么做?"

"如果把事态跟劳拉·莱昂斯太太讲清楚,我对她能帮上的忙抱有很大的希望。另外我自己还有盘算。这个就先不说了,肠满明朝愁,莫添他日忧①;但我希望,过不了明天,就能最终占上风。"

---

① 典出《圣经·新约·马太福音》:肠满今朝愁,莫添明日忧。

从他嘴里探出来的口风就这么多了，随后他陷入沉思，就这么一路走到了巴斯克维尔府的大门口。

"你这是要露面了?"

"对，我觉得没必要再藏着了。最后叮嘱你一句，华生。猎犬的事一个字也不要跟亨利爵士提。塞尔登的死，斯特普尔顿想让我们怎么相信的，就让亨利爵士怎么相信。他明天有约，你报告上说的如果我没记错，要去斯特普尔顿家同他们共进晚餐，可别让他那么心惊胆战地面对到时候不得不经受的磨难。"

"约好了我也要去的。"

"那你得找个借口推托，必须让他一个人去。这事安排起来不难。好了，这会儿咱俩要是吃不上晚饭了，我看也都该吃得下夜宵了。"

第十三章
布　网

亨利爵士见到夏洛克·福尔摩斯，与其说是惊，不如说是喜，他盼着最近发生的种种事件能让福尔摩斯从伦敦来乡下可盼了有些日子了。不过，当他发现我的同伴既没带任何行李，也没解释为什么不带，他倒是惊讶地扬起了眉毛。我和准男爵很快合起来给他凑了所需的生活用品，然后我和福尔摩斯一边吃着迟来的夜宵，一边向准男爵说明了我们今晚的遭遇，凡是看起来可以让他知道的都讲给了他听。不过我首先还有一桩不情愿的苦差事要干，就是硬着头皮把那个消息告诉巴里莫尔和他妻子。对那男的而言，这不失为一种解脱，而女的则把脸埋进围裙里，哭得很伤心。在世人眼里，塞尔登是个半兽半魔的暴徒；但在她心中，他始终还是她小时候那个任性的弟弟，那个紧紧抓着她手的小男孩。死了都没有一个女人为其一掬伤心泪的那种男人，才真算得上是罪大恶极之人。

"华生上午出门后,我闷闷不乐地在家里窝了一整天。"准男爵说,"我觉得应该表扬表扬我,我可信守了诺言。要不是我保证过不会一个人出去四处走动,今晚本来可以不用过得这么冷清的,要知道,斯特普尔顿给我捎来了信,邀我上他那儿去。"

"你要是去了,相信今晚绝对叫你闹腾个够,"福尔摩斯不动声色地打趣道,"对了,我们因为你摔断了脖子,还伤心了好一阵呢,你应该想不到吧?"

亨利爵士瞪大眼睛。"怎么回事?"

"那可怜虫穿的是你的衣服。你那个把衣服给他的用人,恐怕警察会找他麻烦的。"

"不大可能。我记得那些衣服上都没有任何标记。"

"那就算他走运——事实上,是算你们都走运,因为在这件事上,你们几个都触犯了法律。身为一名尽职尽责的侦探,我怎么觉得首先要尽的职责就是把这一屋子的人全抓起来。华生的报告就是证明你们涉案的极为有力的材料。"

"案子到底调查得怎么样啦?"准男爵问,"你从这团乱麻中理出什么头绪来了吗?我跟华生到这儿来了这么多天,我都没觉得把情况弄明白了多少。"

"我看要不了多久,我就可以让你们把情况看明白许多。这桩案子非常棘手、极其复杂。有几处疑点尚不明了——不过总归会明朗的。"

"我们碰到过一件事,华生想必跟你说过了。我们在沼地上听到了猎犬的叫声,所以我敢发誓,这绝不仅仅是空穴来风的迷信之说。我在西部的时候经常跟狗打交道,我一听叫声,就知道是什么品种的狗。你要是能给这条狗套上口套,拴上链子,我就心服口服地发誓,承认您是有史以来最伟大的侦探。"

"若是能请你助我一臂之力,我看我就能给它套上口套,拴上链子,弄得服服帖帖。"

"你叫我做什么,我就做什么。"

"很好。我还要请你想也不想地只管照做,不要问东问西。"

"就按你说的办。"

"只要你做到这一点,我看我们的小难题多半很快就能解决。相信……"

他说到这儿突然打住,眼睛直勾勾地盯着我头顶上方。灯光照在他的脸上,那脸部的神情如此专注,一动也不动,仿佛一尊轮廓分明的古典雕像,一尊象征着警觉与期待的雕像。

"怎么啦?"我和亨利爵士都大声问道。

他把视线收回来的时候,我能看出来他正在克制内心的某种激动之情。他脸上仍旧一副镇静的样子,但眼里闪着得意扬扬的光芒,像是被什么东西勾起了兴致。

"抱歉,失态了,一个艺术鉴赏家的一番赞赏罢了。"说着,他扬手指向对面墙上满满的一排肖像,"华生是不会承认我懂半

"他说到这儿突然打住,眼睛直勾勾地盯着我头顶上方"

点艺术的,这不过是出于嫉妒,因为我们看待艺术的眼光不同。瞧,这些肖像一幅幅都画得惟妙惟肖。"

"哎呀,听你这么说我很高兴。"亨利爵士说,颇有几分意外地看了眼我的同伴,"我不会妄称对这些东西多懂行;比起看画,我还是看马或是看阉过的小公牛更在行。没想到你还有闲工夫研究这些东西。"

"什么作品好，我还是一眼能看得出来的，我现在看到的就是好作品。那幅是内勒①的作品，我敢肯定，就是那边那位穿蓝色丝绸衣服的女士，而那位戴假发的肥壮的先生应该是雷诺兹②的手笔。这些都是家族肖像吧？"

"全都是。"

"你知道他们都叫什么名字吗？"

"巴里莫尔一直在教我认这些人，我想我能把我学的相当熟练地背出来。"

"拿着望远镜的那位先生是谁？"

"那是巴斯克维尔海军少将，曾在西印度群岛服役，是罗德尼上将③的部下。身穿蓝色上衣，手里拿着纸卷的那个人是威廉·巴斯克维尔爵士，曾在皮特④政府任下议院委员会主席。"

"我对面的这位骑士⑤——穿着饰有蕾丝花边的黑色天鹅绒礼服的这位呢？"

---

① 戈弗雷·内勒爵士（1646—1723），英国肖像画家，开创了小于半身但画出手的肖像画风格，代表作有《牛顿像》等。
② 乔舒亚·雷诺兹爵士（1723—1792），英国肖像画家，皇家美术院创始人，其肖像画强调宏伟庄重之感，代表作有《约翰逊博士像》等。
③ 乔治·布里奇斯·罗德尼（1718—1792），英国海军上将，曾任英国驻西印度群岛海军总司令。
④ 小威廉·皮特（1759—1806），英国政治家，英国历史上最年轻的首相。
⑤ 指英国内战中支持国王查理一世的保王党，浮夸奢华的衣着和发式乃其一大特征。

"啊，这人可让你给问着了。他就是招来种种灾祸的根源，恶人雨果，巴斯克维尔的猎犬这一传说就是他惹出来的。这个人我们可忘不了。"

我饶有兴趣又颇感意外地注视着那幅肖像。

"哎呀!"福尔摩斯说，"他看起来倒是一副相当文静又温顺的模样，但我看得出来，他眼神里藏着一股邪气。我原本想象他长得比这要五大三粗，比这要凶神恶煞。"

"这幅画的可靠性毋庸置疑，人名和1647这一年份在画布背面明明白白地标着呢。"

福尔摩斯没再怎么说话，但那旧时闹饮狂徒的画像对他似乎有极大的吸引力；吃夜宵时，他的眼睛还频频盯向那幅画。直到后来，等亨利爵士回房间里去了，我才摸清了他的心思往哪儿转。他拿着他卧室里的蜡烛，领我回到宴会厅，举烛照着墙上那幅因年代久远而色彩暗淡的肖像。

"你在这画上能看出点什么名堂来吗?"

我望着那羽饰宽檐帽、耳边拳曲的垂发绺[①]、白色蕾丝花边衣领，还有其间勾勒出来的那张严肃地板着的脸。这张脸并非一副狰狞的面目，而是看起来一本正经，表情冷酷又严厉，薄薄的嘴唇紧紧抿着，不容异己的目光显得冷森森的。

[①] 16—17世纪欧洲贵族男性中流行的一种发式，将一绺长发（通常梳成小辫）垂在离心脏更近的左侧，以表达对爱人的情愫，也称"爱之发绺"。

"像不像你认识的谁?"

"下巴那块儿跟亨利爵士有点像。"

"稍许有那么一点点像吧。你可瞧好了!"他站到一把椅子上,左手举着蜡烛,弯起右臂遮住画中的宽檐帽和下垂的长鬈发。

"我的天哪!"我惊愕地叫了起来。

斯特普尔顿的脸跃然于画布之上。

"'我的天哪!'我惊愕地叫了起来"

"哈，你可算看出来了。我的眼睛受过专门训练，学会观察的是面部五官，而不是面部周围的装饰。透过伪装，看清本质，是刑侦人员的首要素养。"

"真是不可思议。活脱脱就是画的他。"

"没错，这就是返祖现象的一个很有意思的实例，而且看样子是从里到外都体现出来了。研究家族肖像足以让人皈依轮回转世说。那家伙肯定是巴斯克维尔家的后代——这明摆着。"

"还是图谋篡夺继承权的后代。"

"正是。机缘巧合发现这幅画，给我们手中填补了一个最明显的缺失环节。他逃不掉了，华生，他逃不出我们的手心了。我可以肯定，过不了明天晚上，他就会像他自己网着的那些蝴蝶一样，在我们的网里无助地来回扑腾。只需一枚大头针、一块软木，再加一张卡片，我们就能把他加进贝克街收藏集里去！"他从画像前转身走开，突然发出在他身上实属难得的阵阵笑声。我不常听到他朗声大笑，但每次他这样笑，都预示着有人的好日子要到头了。

第二天，我一早就起来了，而福尔摩斯还要早就忙活开了，我还在穿衣服的时候就看见他正沿着车道走来。

"啊呀，今天一天可有得我们忙活了。"说着，他跃跃欲试地摩拳擦掌起来，"网都张好了，就要开始收网了。究竟是抓到那条下巴瘦削的大狗鱼①,还是叫他从网眼里溜掉,今日便见分晓。"

"你已经到沼地上去过了?"

"我去戈庆穆盆拍了封电报给王子镇那儿,报告了塞尔登的死讯。我想我能保证,你们谁也不会在这件事上有麻烦。我还跟我那忠实的卡特赖特联系过了,要是没有让他知道我安然无恙,让他放下心来,他就会像义犬守在主人的坟前那样,准会在那石屋门前守得日渐憔悴,守到死也不走。"

"下一步怎么行动?"

"去见亨利爵士。哈,他来了!"

"早上好,福尔摩斯,"准男爵说,"瞧你的模样,真像个将军在跟手下的参谋长制订作战计划哩。"

"情况正是如此。华生在请命来着。"

"我也听候调遣。"

"很好。我听说,你今晚有约,要去我们的朋友斯特普尔顿家同他们共进晚餐。"

"我希望你能一道去。他俩很好客,我确信他们见到你会很高兴的。"

"恐怕不行,我和华生得回伦敦。"

---

① 狗鱼是一种肉食淡水鱼,体形大而细长,吻似鸭嘴,下颌瘦削而突出,生性凶猛、狡猾。

"回伦敦?"

"对,我想在目前这个节骨眼上,我们在那儿更派得上用场。"

准男爵的脸明显拉了下来。

"我还指望你们能帮我渡过这个难关呢。府里和沼地上可不是孤身一人待着的好地方。"

"我亲爱的伙计,你必须毫无保留地信任我,不折不扣地按我说的办。你就跟你那两位朋友说,我们本来是很乐意跟你一道去的,但我们有要紧事在身,必须回伦敦。我们希望很快就能回德文郡。别忘了把这话带去,好吗?"

"既然你非要这么做,我就照办。"

"我向你保证,只能这么办。"

我从准男爵紧锁的眉头看出来,他认为我们要弃他而去,心里很不痛快。

"你们打算什么时候走?"他冷冷地问道。

"吃过早饭就走。我们先坐车去库姆特雷西峡谷,不过华生会把他的行李押在这儿,以此保证他会回到你身边。华生,你给斯特普尔顿写封短笺,告诉他你很抱歉无法赴约。"

"我真想跟你们一起去伦敦。"准男爵说,"为什么要我一个人待在这儿?"

"因为这是你的职责所在。因为你向我保证过,叫你干什么,你就干什么,而现在我叫你留下。"

"那好吧,我留下。"

"还有一项指示!我要你坐车去美悦皮地府宅。不过到了以后就打发马车先回来,让他们知道你打算步行回家。"

"步行穿过沼地?"

"没错。"

"可这不正是你再三告诫我不要做的事嘛。"

"这一次你可以这么做,不会有事的。要是我对你的魄力和勇气没有十足的信心,我是不会走这步棋的,但现在你必须这么做,这至关重要。"

"那我就这么做。"

"还有,你想活下去的话,穿越沼地时,只能沿着从美悦皮地府宅直通戈庆穆盆大路的那条小路走,也就是走你回家应该走的那条路,切莫从别的方向走。"

"你怎么说,我就怎么做。"

"很好。我想吃完早饭就尽快动身,好在下午赶到伦敦。"

他这样安排让我大为震惊,虽然我记得福尔摩斯头天晚上跟斯特普尔顿说过,他第二天就会结束此行。可我没想到,他会要我跟他一块儿走,我也想不明白,在他自己口口声声说的节骨眼上,我们俩怎么能都不在。然而,除了绝对服从,没有别的办法;于是,我们向这位一脸愁苦的朋友道了别,几个小时之后,我们已经到了库姆特雷西峡谷镇车站，打发马车回去了。站台上有个小男孩在等着。

"有什么吩咐吗，先生？"

"你坐这趟火车去伦敦，卡特赖特。一到伦敦，就给亨利·巴斯克维尔爵士拍一封电报，用我的名字拍发，就说如果见着我落下的小记事本，让他挂号邮寄到贝克街。"

"遵命，先生。"

"还有，去车站邮电局问问，看有没有给我的信儿。"

男孩拿着一封电报回来了，福尔摩斯看完便递给我。上面写道：

电报收悉。即携空白逮捕证前往。五点四十分抵达。

莱斯特雷德

"这是我早上发的那封电报的回电。我认为他是警探这个行当里的佼佼者，我们可能需要他的帮助。接下来，华生，我们要想利用好时间，我看没有比去拜访你那位相识劳拉·莱昂斯太太更好的选择了。"

他的行动计划逐渐明朗了起来。他是想利用准男爵来让斯特普尔顿他们相信我们真的离开了，而实际上，一到可能需要我们的时候，我们就会立刻返回。之后那封伦敦打来的电报，只要亨利爵士向斯特普尔顿他们提起，必然会打消他们心底的最后一丝疑虑。我仿佛已经看见，我们的罗网正围着那条下巴瘦削的狗鱼渐渐收紧。

我们去的时候，劳拉·莱昂斯太太在她办公的屋子里，夏洛克·福尔摩斯一上来就直言不讳、开门见山地表明了来意，着实让她吃了一惊。

"我正在调查与查尔斯·巴斯克维尔爵士之死有关的情况。"他说，"我这位朋友华生医生已告知我关于此事你吐露了什么，以及你隐瞒了什么。"

"我隐瞒什么了？"她带着挑衅的语气反问道。

"你已经承认，是你让查尔斯爵士十点到那扇门那儿去的。我们又知道那也正是他死亡的时间和地点。你隐瞒了这两件事之间的联系。"

"没什么联系。"

"若是没什么联系，那未免也巧得太蹊跷了吧。不过，我看我们终归能找出其中的联系。我就跟你打开天窗说亮话吧，莱昂斯太太。我们认定这是一起谋杀案，而且证据表明，与此案有牵连的不仅有你的朋友斯特普尔顿先生，还有他的妻子。"

女人猛地从椅子上跳了起来。

"他妻子！"她惊呼道。

"这事已经不是什么秘密了。被当成他妹妹的那个人，其实是他妻子。"

"女人猛地从椅子上跳了起来"

莱昂斯太太跌坐回椅子里，双手紧紧抓着扶手，她抓得那么用力，我看到那原本粉色的指甲都发白了。

"他妻子！"她又说了一遍，"他的妻子！他没结婚啊。"

夏洛克·福尔摩斯耸了耸肩。

"拿出证据来！证明给我看！你要是拿得出证据……！"

她眼里闪出的那狰厉的凶光道尽了千言万语。

"我是有备而来。"福尔摩斯说着，从兜里掏出几份资料，

"这张是他们夫妻俩四年前在约克郡①照的相片。照片背面写着'范德勒先生和夫人',不过你毫不费劲就能认出他来,这女的也一样,你要是认得她的话。这里有三份描述范德勒先生和夫人的证明材料,是认识他们的人写的,都是可靠的证人,两人当时开办了一所名为奥利弗的私立学校。你读一读,看看你还怀不怀疑是不是这两人。"

她大致看了看,然后抬起头望着我们,板着一张发僵的面孔,露出一副绝望而决绝的姿态。

"福尔摩斯先生,"她说,"这个男人曾主动提出来,只要我跟我丈夫离婚,他就愿意娶我。他骗了我,这个恶棍,什么骗人的花招都想得出来。他从来没有跟我说过半句真话。这是为什么——为什么呀!我还以为他所做的一切都是为了我好。现在我才明白过来,我从来都只是他手里的工具罢了。既然他从来都对我薄情寡义,我干吗还要对他守信重义呢?既然他干了伤天害理的事,就该自食其果,我干吗还要包庇他呢?你想问什么,就尽管问吧,我什么都不会再隐瞒了。有一件事我可以向你发誓,就是我给那位老绅士写信的时候,做梦都没想过要害他,他可是待我最好的朋友。"

"我完全相信你,夫人。"夏洛克·福尔摩斯说,"讲述这些

---
① 曾是英格兰北部的一个郡。

事对你来说肯定很痛苦,不如由我来把事情的经过讲一遍,兴许会让你好受些。要是有什么跟事实出入很大的地方,你可以随时指正。你写这封信,是斯特普尔顿的主意吧?"

"就是他口授,我写的。"

"他给的理由是,这样你就会得到查尔斯爵士的资助,解决离婚诉讼所需的费用,对吧?"

"一点也没错。"

"然后等你把信寄出去之后,他又劝你不要去赴约?"

"他对我说,为这种事去找别人要钱,有伤他的自尊,还说自己虽然没什么钱,但不惜掏出身上最后一分钱来消除隔在我俩之间的障碍。"

"看起来倒挺像个重情重义之人呢。在这之后,一直到你在报上看到爵士死亡的报道之前,你都再没听到过什么,对吗?"

"对。"

"他还要你发誓,对别人绝口不提你约查尔斯爵士见面的事,是这样吗?"

"没错。他说查尔斯爵士死得不明不白,说这事要是捅出去,我肯定会惹人怀疑。我被他吓得一个字也不敢声张。"

"这话倒也不假。不过你自己也起过疑心吧?"

她迟疑了一下,垂下了目光。

"我知道他是什么样的人,"她说,"但要不是他没有真心待我，我本来应该会一直忠心于他。"

"依我看，总的说来，你算是侥幸逃过了一劫。"夏洛克·福尔摩斯说，"你手里有他的把柄，这一点他心知肚明，然而你还好端端活着。你这几个月真是在贴着悬崖边行走啊。现在我们得跟你道别了，莱昂斯太太，你可能不久就会再次听到我们的消息。"

"我们手上的论据总算打磨得溜光圆滑了，棱棱角角的难题在我们面前一个接一个地破解掉了。"我们站在那儿等伦敦开来的特快列车时，福尔摩斯这么说道，"要不了多久，我就能将当代一宗最离奇、最耸人听闻的罪案变成一个连贯的故事。研究犯罪学的人都会记得1866年在小俄罗斯①的格罗德诺发生的类似案件，当然还有北卡罗来纳州的安德森谋杀案，但我们这桩案子具有某些完全与众不同的特点。即便到现在，我们还没有掌握一点确凿的证据，可以将这个老奸巨猾之人绳之以法。不过，要是我们今晚睡觉之前，一切还不水落石出的话，那我才会觉得好生奇怪哩。"

伦敦开来的特快列车轰隆隆地驶入车站，一个跟斗牛犬似的精瘦结实的小个子男人从一节头等车厢里跳了出来。我们三人握手寒暄。瞧莱斯特雷德满怀崇敬之情地望着我同伴的那个样子，

---

① 乌克兰的旧称。

我一眼就看出来，自从他俩开始合作之时以来，他从福尔摩斯身上学到了不少东西。我可还清楚地记得，我这位擅长推理的同伴的种种推论，当初是如何引得这个讲求实干的警探嗤之以鼻的呢。

"我们三人握手寒暄"

"有什么好活儿？"莱斯特雷德问。

"多年不遇的大活儿。"福尔摩斯说，"在考虑行动之前，我们还有两个钟头的时间。我觉得正好可以趁这当儿去吃个饭，吃完饭嘛，莱斯特雷德，我们带你去呼吸一下达特穆尔夜晚纯净的空气，好把伦敦的雾从你喉咙里给排出来。从来没去过那儿吧？啊哟，那我看，你头一回去就会终生难忘的。"

第十四章
巴斯克维尔的猎犬

夏洛克·福尔摩斯这人有个毛病——要真算得上毛病的话——就是不到计划全部实现的那一刻,是万分不乐意将他的全盘计划透露别人的。究其原因,一来想必是由于他这人天生就是一副主子派头,喜欢凌驾于身边的人之上,喜欢时时让他们感到意外;二来则是出于凡事谨慎为上的职业习惯,这种习惯时刻提醒他容不得半点闪失。这么一来,可就叫那些替他办事、当他助手的人伤透了脑筋。我就没少受这种煎熬,但像今天这样,在黑夜里漫长的车程中这样煎熬,还是头一回。严峻的考验就摆在我们面前,我们终于要作最后一搏了,可福尔摩斯却连一句话都还没交代,我只能揣测他会采取什么样的行动方案。终于,寒风扑打在我们脸上,狭窄的道路两边出现大片大片黑茫茫的空旷之地,我这才意识到我们再次回到了沼地上,这时我内心对即将发生的事充满期待,神经万分紧张起来。马儿们每跨一步,车轮子每转一圈,我们就离那场终极冒险更近了一些。

因为雇来的四轮轻便马车上有车夫在,我们不便谈正事,只好说起一些无关紧要的琐事,可心里头却又激动又期待,神经绷得紧紧的。就这么拘束地克制了一路之后,马车终于驶过弗兰克兰家的宅子,我们意识到离巴斯克维尔府越来越近了,也离那战场越来越近了,我这才自在了一些。我们没有让马车一直开到正门口,而是在林荫道前的大门口附近下了车。结了车钱,吩咐马车立即返回库姆特雷西峡谷,我们便出发步行前往美悦皮地府宅。

"你带武器了吗,莱斯特雷德?"

那小个子警探笑了笑。"只要我穿着裤子,裤子后面总有一个兜,只要有这个后裤兜,兜里总少不了家伙。"

"那就好!我和我同伴也做好了应急准备。"

"你在这件事上口风可真够紧的,福尔摩斯先生。现在出哪一招?"

"见机行事。"

"哎呀,这地方看起来可不怎么让人提得起劲儿来。"那警探打了个寒战,边说边扫了一眼周围阴森森的山坡,还有像巨大的湖泊般笼罩在戈戾穆盆泥潭上的一片大雾,"我看到我们前方一栋房子里有亮光。"

"那就是美悦皮地府宅,也是我们此行的终点。请你们务必踮着脚走路,不可高声说话。"

我们小心翼翼地沿着小路移动,像是要上房子那儿去似的,但距离大约两百码的时候,福尔摩斯让我们停了下来。

"到这儿就行了,"他说,"右面的这些岩石当掩护正好。"

"我们就在这儿等着?"

"对,我们就在这儿略作埋伏。躲到这块洼地里来,莱斯特雷德。你去过那房子里面,对吗,华生?你判断得出各个房间的位置吗?这头的那几扇花格窗是哪个房间的?"

"我看是厨房的窗户。"

"另一边那间灯火通明的呢?"

"那肯定是餐厅。"

"窗帘没放下来。你最熟悉这儿的地形。你轻手轻脚悄悄摸上前去,看看他们在干什么——不过千万别让他们发现有人在监视!"

我蹑手蹑脚顺着小路走过去,弯下身子躲在围着一片生长不良的果园的矮墙后面。借着墙的阴影,我溜到一个位置,从那里可以透过那扇没拉窗帘的窗户,径直望向屋子里面。

屋里只有两个人——亨利爵士和斯特普尔顿。他俩坐在圆桌的两边,侧面朝着我。两人都抽着雪茄,面前摆着咖啡和葡萄酒。斯特普尔顿谈兴正浓地在说着什么,而准男爵则面色苍白,一副心事重重的样子,或许是想着要独自步行穿越那不祥的沼地,正忧心忡忡呢。

"透过那扇没拉窗帘的窗户,径直望向屋子里面"

正当我暗中观察他们的时候,斯特普尔顿站起身来,离开了房间,亨利爵士则将自己的酒杯重新斟满,往椅背上一靠,喷云吐雾地抽着雪茄。我听见门的嘎吱声,接着是靴子踩在石子路上喀嚓喀嚓的脆响声。一双脚沿着我蹲着的矮墙里侧的小路走过。我探头望过去,只见博物学家在果园角落里的一间外屋门口停了下来。一把钥匙喀哒一声在锁眼里转动，就在他往里走的时候，里面传来一阵奇怪的窸窸窣窣的响声。他在里面只待了一分来钟，随后我再一次听见钥匙转动的声音，接着他从我身边经过，又走进主宅里去了。见他重新回到客人身边，我就悄悄溜回两位伙伴埋伏的地方，去把我看到的告诉他们。

"这么说，华生，那女的不在？"我汇报完情况，福尔摩斯问道。

"不在。"

"剩下就只有厨房里亮着灯了，那她能在哪儿呢？"

"我想不出她会在哪儿。"

我前面讲过，戈戾穆盆大泥潭上迷漫着一片浓浓的白雾。此时那浓雾正朝我们这个方向缓缓飘来，如筑起一堵墙一般，在我们的那一边积聚过来，低矮却很厚，轮廓分明。月光照在上面，看起来像一大片闪烁着微光的冰原，远处那些突岩的顶部仿佛压在冰原表面上的一块块岩石。福尔摩斯把脸转向那边，注视着缓缓飘来的雾，嘴里一边不耐烦地嘀咕着：

"要朝我们这儿飘过来了，华生。"

"要紧吗？"

"再要紧不过了——就这么一样东西可能会打乱我的计划。这会儿他待不了多久了，已经十点钟了。我们的成败，乃至于他的性命，就看他能不能在浓雾漫过这条小路之前出来。"

我们头顶上空，夜色清朗，星星寒光闪闪，而半轮月亮之下，整个景象则沐浴在一片柔和而明暗不定的月色之中。我们面前就是那座宅子巨大的黑影，在闪着银辉的天空的映衬下，锯齿状的屋顶和一根根如炸毛般耸起的烟囱显出扎眼的轮廓。下面的窗户里射出几道宽大的金色光柱，朝果园和沼地的那头延伸而去。有一道光突然灭了，是用人们离开了厨房。只剩下餐厅里那盏灯还亮着，里面那两个人，一个是暗藏杀机的主人，一个是浑然不觉的客人，还在边抽着雪茄边聊天。

羊毛似的白茫茫一片雾原覆盖了半边沼地，分分秒秒都在朝宅子飘得越来越近。打头的缕缕薄雾已在那扇金色方块般亮着的窗户上缭绕。果园那头的墙已经看不见了，果树从袅袅的白色雾气中冒出头来。我们就这么眼睁睁望着雾气打着旋儿绕过宅子那面的两个角落缓缓爬了过来，徐徐汇成一堵厚厚的雾堤，宅子的上面一层和屋顶看上去像一艘怪异的船，漂浮在朦胧的海面上。福尔摩斯激动地用手击打我们面前的岩石，急得直跺脚。

"他要是一刻钟后还不出来，回去的小路上就全是雾了。再过半个小时，我们伸手都不见五指了。"

"要不要再往后退，上高一点的地方去？"

"好，我看这样也好。"

于是，面对滚滚涌来的大团浓雾，我们向后退至离宅子半英里远的地方，而那浓浓的白色雾海，上缘被月光镀成了银色，仍不可阻挡地缓缓席卷而来。

"再退就太远了。"福尔摩斯说，"万一他还没能到我们这儿就被追上，那就惨了，可不敢冒这个险。必须不惜任何代价坚守现在的阵地。"他跪了下去，啪地把耳朵往地上一贴。"谢天谢地，我好像听到他来了。"

一阵急促的脚步声打破了沼地的寂静。我们蹲伏在石堆中，目不转睛地盯着面前那顶端镀银的雾团。脚步声越来越响，从浓雾之中，又仿佛从帷幕之中，走出来我们正在等候的那个人。他穿过浓雾，出现在星光闪耀的明朗的夜色之中，惊慌地四下张望。接着，他沿着小路迅速走来，从我们隐蔽位置的不远处经过，又往我们身后那长长的斜坡上走去。他一面走，一面频频左顾右盼地回头张望，一副局促不安的模样。

"嘘！"福尔摩斯大声道，我听见手枪扳起击铁的咔哒一声脆响。"当心！它来了！"

从那缓缓爬行的雾堤深处的某个地方，持续传来一阵又细又脆的哒哒声。云状的浓雾离我们的隐蔽处不足五十码，我们三个都瞪大眼睛盯着那里，吃不准里面要冲出什么可怕的东西来。我就挨着福尔摩斯的肘边，有那么一会儿，我朝他脸上瞥了一眼。他脸色苍白，但神情亢奋，两只眼睛在月光下闪闪发光。突然间，那对眼珠子惊得都快蹦出来了，直瞪瞪地死死盯着前头，他惊愕得嘴巴也张开了。与此同时，莱斯特雷德惊恐地大叫一声，

"惊慌地四下张望"

脸朝下一头伏倒在地。我猛地跳了起来，僵住的手紧紧抓着手枪，被那个从浓雾的阴影中突然冒出来，冲到我们眼前的可怕的身影给吓蒙了。那是一条猎犬，一条浑身乌黑的巨型猎犬，但绝不是凡人见过的那种猎犬。它张着的嘴里喷出火焰，两只眼睛里冒着闷燃的火，幽幽地发着光，摇曳的火光勾勒出它的口鼻、后颈毛和脖子上的垂肉。望着穿过雾墙蹿到我们眼前的怪物，望着那黑乌乌的身躯和青面獠牙的狰狞面目,即便是头脑错乱,做了匪夷所思的噩梦,怎么也不可能梦到这等凶恶、这等骇人、这等似恶鬼般的东西。

巴斯克维尔的猎犬

那只巨大的黑家伙跨着大步沿小路蹿跃而来,循着我们那位朋友的足迹紧紧追去。我们被那幽灵般的怪物吓得动弹不得,没等我们回过神来,它就已经从我们面前蹿了过去。这时,我跟福尔摩斯连忙一齐举枪开火,那怪物发出一声瘆人的长嚎,这表明至少有一枪打中了它。然而，它并没有止步，仍大步往前蹿去。在远处的小路上，可以看见亨利爵士正回头张望，在月光下，他面如土色，惊恐地举着双手，无助地瞪大双眼望着那可怕的怪物朝他追扑过去。不过，猎犬那声痛苦的嗷叫把我们所有的担忧一扫而光。它既然能被打伤，就不是什么鬼怪；我们既然能把它打伤，就能把它打死。我还没见过有谁能像福尔摩斯在那天夜里跑得那般快的。我跑起来算快的了，但他这会儿跑得比我还快，我比那小个子警探快多少，他就比我快多少。我们顺着小路飞奔而去，只听见前方传来亨利爵士一声又一声的尖叫，还有猎犬的低吼。我赶到的时候，正巧撞见那恶狗扑向它的猎物，把他扑倒在地，朝他的喉咙撕咬过去。就在这千钧一发之际，福尔摩斯一连气把左轮手枪枪膛里剩下的五发子弹全都打进了那怪物的胁腹里。恶犬发出最后一声凄厉的长嗥，朝空中恶狠狠地咬了一口，随即四脚朝天翻仰在地，拼命抓挠了几下，便侧身瘫倒了下去。我气喘吁吁地俯下身去，用枪顶着那幽幽发光的吓人的脑袋，不过再扣动扳机也没用了。那条巨型猎犬已经断了气。

亨利爵士躺在他摔倒的地方，不省人事。我们扯开他的衣领，发现并无撕咬的伤痕，看来救得还算及时，福尔摩斯不禁低声祷告感谢上帝。这会儿，我们这位朋友的眼皮颤动了起来，身子想动，却使不上力。莱斯特雷德把他装白兰地的小扁酒瓶塞进准男爵的嘴里，他抬起两只惊恐的眼睛看着我们。

"福尔摩斯一连气把左轮手枪枪膛里剩下的五发子弹
全都打进了那怪物的胁腹里"

"天哪!"他轻声说道,"那是什么?那到底是什么东西?"

"不管是什么,反正已经死了。"福尔摩斯说,"我们把这家族幽灵一次给了结了。"

四肢伸直躺在我们面前的这只怪物,光看体型和体格就叫人害怕。它既非纯种的寻血犬，亦非纯种的獒犬；看起来倒像是两者的混合种——瘦削、凶猛，跟一头小母狮那么大。即便现在它死了，一动不动了，那张血盆大口似乎还往外滴着蓝盈盈的火焰，那双凶光毕露的深陷下去的小眼睛上也有一圈火光。我伸手碰了碰它幽幽发光的口鼻，抬起手来，发现自己的手指也阴燃了起来，在黑暗中隐隐闪着蓝光。

"是磷。"我说。

"'是磷。'我说"

"是巧妙配制而成的磷。"福尔摩斯嗅了嗅那已经毙命的牲畜,说道,"没有任何气味,不会干扰它的嗅觉。我们对你深感歉意,亨利爵士,让你受了这般惊吓。我原以为要对付的是条普通的猎犬,没料到会是这么一个怪物。再加上大雾,差点把我们弄得措手不及。"

"你们可救了我的命。"

"可也先让你命悬一线了。你还站得起来吗?"

"再给我来一口白兰地,叫我干什么都行。噢!来,麻烦扶我一把。接下来你们打算怎么办?"

"打算把你留在这儿。你这个样子,今晚不能再冒险了。请你在这儿等等,一会儿我们中会有人陪你回府上。"

他晃晃悠悠地想站起来,但依旧脸色惨白,四肢发抖。我们把他扶到一块岩石旁,他坐在上面,双手捂着脸,瑟瑟发抖。

"你留在这儿,我们得走了。"福尔摩斯说,"剩下的差事必须了结,一刻都耽搁不起。我们手中的证据已经齐备,现在就差把人缉拿归案了。

"他十有八九不会在那房子里。"我们沿小路迅速折返的时候,他又说道,"听到那几下枪声,他肯定就知道事情败露了。"

"刚才我们离他家有一段距离,隔着这么大的雾,枪声可能听不见。"

"他会跟在猎犬后面,好把它唤回去——这一点可以肯定。

啊呀，没错，他这会儿肯定跑了！不过我们还是去房子里搜一搜，确保万无一失。"

前门开着，我们冲了进去，急匆匆地逐个房间搜查。在过道里撞见一个步履蹒跚的老男仆，把他惊得不轻。整栋宅子里只有餐厅亮着灯，但福尔摩斯还是一把抓起提灯，把宅子里里外外搜了个遍，我们要追捕的那个人仍旧杳无踪影。奇怪的是，楼上有一间卧室的门是锁着的。

"里面有人。"莱斯特雷德叫道，"我听见里头有响动。快把这扇门打开！"

屋里传来微弱的呻吟声和窸窣声。福尔摩斯用脚底板冲挨着门锁的上方踹去，门猛的一下开了。我们三人持枪在手，一起冲进了房间。

然而，里面没有我们以为会见到的那个垂死挣扎的亡命之徒，没有一点他的踪影。出现在我们面前的却是一样非常奇怪的东西，大大出乎意料，我们一时间愣在那儿，惊异地盯着看。

这间房间布置得像个小型博物馆。靠墙排列着一些顶部罩有玻璃的柜子，里面满是那些蝴蝶和飞蛾的标本，看来对于这个深于城府的危险人物，采集这些个玩意儿已经成了他的消遣了。屋子中央有一根立柱，不知是以前什么时候竖在那儿，用来支撑横贯屋顶、饱受虫蚀的老梁木的。柱子上绑着一个人，身上缠满了用来将其捆牢的布单子，蒙得严严实实，一时竟看不出是男是女。一条毛巾绕颈前系在柱子后面,另一条遮住了下半张脸,毛巾上方露出两只深色的眼睛——一双满含悲伤、羞耻、恐惧而探询的眼睛——也朝我们盯着看。不一会儿工夫,我们就已经替那人扯掉了堵住嘴的东西,又松了绑,只见是斯特普尔顿太太在我们面前顺势瘫倒在了地板上。她那漂亮的脑袋垂到胸前,我看见她脖子上有挨过鞭子留下的清晰的红印子。

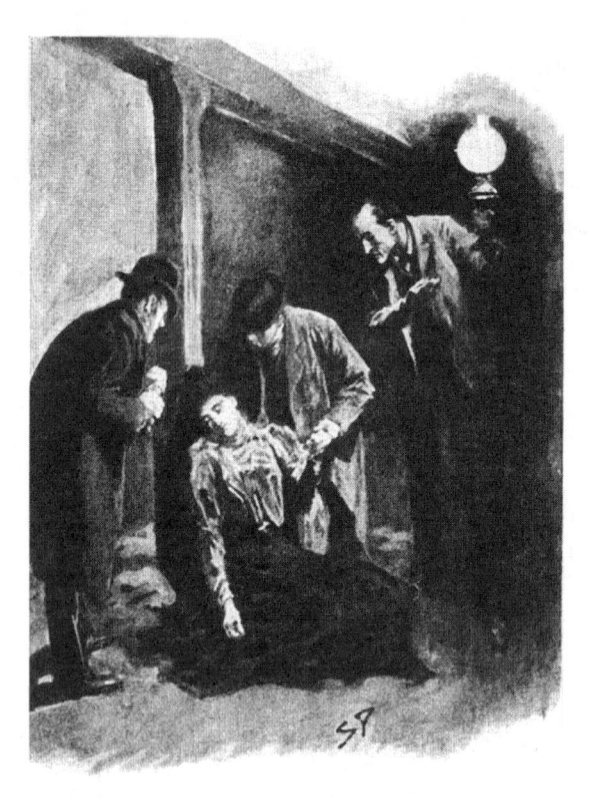

"斯特普尔顿太太在我们面前顺势瘫倒在了地板上"

"这个畜生!"福尔摩斯喊道,"嘿,莱斯特雷德,把你装白兰地的酒瓶拿来!把她扶到椅子上!她被折磨得筋疲力尽,昏过去了。"

她重新睁开了双眼。

"他没事吧?"她问,"逃脱了吗?"

"他是逃不出我们的手掌心的,夫人。"

"不,不,我不是说我丈夫。亨利爵士呢?他没事吧?"

"没事。"

"那猎犬呢?"

"死了。"

她欣慰地长长舒了口气。

"谢天谢地!真是谢天谢地!哎呀,这个恶棍!看看他是怎么虐待我的!"她猛地撩起袖子,露出两条胳膊,只见上面全是青一块紫一块的瘀伤,我们大为惊骇。"可这都不算什么——根本不算什么!他折磨的是我的精神,践踏的是我的灵魂。这一切本来我都能忍,遭受虐待也罢,忍受冷清也罢,过着掩人耳目的生活也罢,只要我还能抱着希望,抱着他爱我的希望,我什么都能忍;可如今我明白了,他也一直利用这一点在愚弄我,把我当成他的工具。"说着说着,她突然激动地抽噎了起来。

"既然你对他已经彻底死心,夫人,"福尔摩斯说,"那就告诉我们,在哪儿能找到他。你要是帮助过他作恶,那现在就协助我们，以此来将功补过。"

"他只会往一个地方逃。"她回答，"泥潭中心有一座小岛，岛上有一座废弃的锡矿。他把猎犬就养在那儿，还在那儿做了准备，一旦出事就有地方可以躲起来。他要逃就一定会逃到那里去。"

雾堤如白色的羊毛般堵在窗外。福尔摩斯拿灯对着窗户。

"瞧见没有，"他说，"今晚这样，谁也不可能找得到进戈戾穆盆泥潭的路。"

她又是大笑，又是拍手，眼睛和牙齿闪着光芒，流露出大喜若狂的神色来。

"他也许找得到进去的路，但绝对别想出得来。"她叫了起来，"今晚这个样子，他怎么看得见那些指路的杆子呢？杆子是当初我们一起插下的，我跟他两个人一起，用来标记穿过泥潭的路线的。哎呀，我今天要是都给拔了该多好啊。那样的话，保管他就落入你们手里，听凭你们发落了！"

我们很清楚，在浓雾散去之前，怎么追捕都是徒劳。于是，我们让莱斯特雷德在此期间留下来守着宅子。而我和福尔摩斯护送准男爵回巴斯克维尔府。斯特普尔顿夫妻的事没法再瞒着他了，不过，得知他爱的那个女人的真实身份后，他坚强地承受了打击。可是夜间那场险遇让他受惊吓过度，神经崩溃了，天还没亮就发起了高烧，躺在床上迷迷糊糊，亏得有莫蒂默医生看护着。他们两人想好了，要结伴环游世界，直到亨利爵士恢复在继承那不祥产业之前的那个样子，恢复那身强力壮、精神抖擞的样子。

在讲述这个离奇的故事的过程当中，我尽量让读者一同感受种种神秘的忧惧感和模糊的猜测，这些忧惧感和猜测如阴云般笼罩我们的生活如此之久，又以如此悲惨的方式告终。接下来，我就长话短说，讲一下故事的结局。猎犬死了的第二天早上，浓雾已经散去，斯特普尔顿太太领我们来到他们夫妻俩发现穿越沼泽的路线的地点。看着她带我们追捕她丈夫时那副急切又欢喜的模样，我们更深切地体会到这个女人曾经过着何等恐怖的生活。我们把她留在一片土质坚实的半岛状泥炭地上，然后继续往前——这块狭长的突出地带逐渐收窄，直至没入分布广阔的沼泽里。从这块地的那头开始，插着一根根小杆子，东一处西一处，标记出曲曲折折穿过一簇又一簇灯芯草丛的小路；草丛周围是那些漂着绿色浮藻的泥坑和污浊恶臭的泥淖，挡住了陌生来客的去路。芜生蔓长的芦苇和茂密黏湿的水生植物发出腐烂的气味和浓烈的沼气，朝我们扑面袭来。不止一次，我们因为一步走错，猛然陷入黑糊糊的颤动的泥潭中，淤泥没过大腿，在我们脚边激起柔和的波纹，荡漾到好几码开外。每走一步，污泥就会紧紧拉扯住我们的脚后跟，而一陷进去，就仿佛有一只恶毒的手在拽着我们，把我们拖向那污秽不堪的深处，把我们抓得那么紧又那么死。只有一次，我们看到一点踪迹，说明有人在我们之前走过这条危机四伏的小路。从污泥中钻出来的一丛羊胡子草里，露出来一个黑乎乎的东西。福尔摩斯从小路上迈出去，要去一把抓住它，结果陷进了齐腰深的淤泥里，要不是有我们在那儿把他往外拉，他便再也不能踏上坚硬的土地了。他高高举起一只黑色的旧靴子。靴子内里的皮革上印着"多伦多迈耶斯制靴"。

"这泥巴澡可没白洗，"他说，"是我们的朋友亨利爵士那只丢失的靴子。"

"他高高举起一只黑色的旧靴子"

"斯特普尔顿逃走时扔那儿的。"

"正是。他给猎犬嗅过靴子,让它循着气味追踪,之后把靴子留在了手边。他知道阴谋败露后仓皇出逃,手里还抓着靴子。逃到此处就把它扔了。可见至少他跑到这儿的时候还没出什么事。"

而除此之外的情况,尽管我们可以作出种种猜测,却注定永远无从得知。这片泥潭里不可能找得到足迹,上涨的淤泥会迅速渗出来,掩盖所有足迹。不过,等我们终于越过沼泽,到达那一边更坚实的地面后,我们都急切地寻找起来。可一丁点足迹的影儿都未曾映入我们的眼帘。如果大地没有说谎的话,那么斯特普尔顿根本就没能到达那座他当作避难所的小岛,那座昨夜他艰难穿过浓雾想要去的小岛。这个冷酷无情之人就这样被永远地埋葬了,埋在了戈庚穆盆大泥潭深处的某个地方,埋在了把他吞进去的广阔沼泽那污浊腐臭的淤泥之下。

在那座四面被沼泽环绕的小岛上,也就是他把他那凶恶的盟友藏起来的地方,我们发现了他留下的许多踪迹。一个巨大的驱动轮,一口被垃圾填得半满的竖井,表明这里是一个废矿。边上是矿工住的一间间小屋,只剩下残垣断壁,日渐倾颓,那些矿工多半是被四周沼泽散发的恶臭给熏跑了。其中一间小屋里,有一条用U形钉子钉着的链子,还有一些啃过的骨头,说明这里就是关那只畜生的地方。瓦砾堆之中躺着一具骨架,上面附着缠成一团的棕色的毛。

"上面附着缠成一团的棕色的毛"

"是一条狗!"福尔摩斯说,"哎呀,是一条鬈毛西班牙猎狗。可怜的莫蒂默再也见不到他心爱的小狗了。好啦,我看这地方已经没什么我们还没弄清楚的秘密了。他可以把猎犬藏起来,但没法让它不出声,所以才有了那些连白天听着都瘆人的叫声。遇上紧急情况，他可以把猎犬关在美悦皮地府宅的外屋里，但这样做总归有风险，只有到了最关键的那一天，到了他认为自己的所有心血终于要结果的时候，他才敢这么做。这只铁罐里的糊状物想必就是涂抹在那畜生身上的发光混合料。他之所以想出这么个主意，自然是受到了家族地狱猎犬传说的启发，存心想吓死老查尔斯爵士。见到这么个怪物从漆黑的沼地里蹿出来，跟在身后紧追不舍，也难怪越狱犯那个可怜虫吓得一边逃跑，一边尖叫，正如我们的朋友昨晚那样，换作是我们自己，说不定也会吓成那副模样。他这一招狡猾得很，不仅有机会把想要谋害的人置于死地，还能唬住那些农户——好多农户都见过这个怪物，可有哪个山野村夫在沼地上见了这样一只怪物，敢凑近去探个究竟？我在伦敦就说过了，华生，现在我再说一遍，躺在那边沼泽里的那个家伙，我们还从来没有协助追捕过比他更危险的人物！"——他举起细长的胳膊，挥向夹杂着一块块绿斑的茫茫沼泽。那沼泽向远处绵延，直至融入沼地赤褐色的冈峦之中。

第十五章
回　顾

11月底一个阴冷又雾茫茫的夜晚，在我们贝克街寓所的起居室里，我和福尔摩斯坐在烧得正旺的炉火两边。我们的德文郡之行以惨剧收场之后，他又忙着侦办两桩极其重要的案子。在第一桩案子里，他揭穿了阿普伍德上校在有名的无双俱乐部纸牌作弊丑闻中的卑劣行径；而在第二桩案子里，他替不幸的蒙庞西耶夫人讨回了清白，为她洗刷了因其继女卡雷尔小姐之死而蒙受的谋杀罪名，而六个月后有人发现，这位小姐——大家想必都还记得——非但没死，还在纽约嫁了人。接连破了多起棘手的要案，我这位同伴兴致颇高，我便有机会诱他细谈巴斯克维尔案了。我一直耐心等待时机，因为我很清楚，他决不允许心里同时装着不同的案子，我也深知，他那清晰又擅长逻辑思维的头脑不会抛开手头的差事，分心去多想过去的事。然而机会终于来了，为让亨利爵士受了重创的神经得以复元，当时建议他在莫蒂默医生的陪同下出门去远航旅行，两人正要出发，途中在伦敦逗留。这天下午，他俩正好来看望了我们，晚上我俩谈话间讨论起这个话题也就顺理成章了。

"事情的前因后果，"福尔摩斯说，"从那个自称斯特普尔顿的人的角度来看，既简单又明了，可对我们而言，由于一开始便无从知晓他所作所为的动机，又只了解一部分事实，所以这一切都显得错综复杂。我跟斯特普尔顿太太谈过两次话，对我进一步

回顾

弄清案情很有利，案子至此已真相大白，我不觉得还有什么未解之谜。在我那带有索引的案件列表中，可以在字母 B 的标题下找到关于此案的一点笔记。"

"还是麻烦你凭记忆给我大概讲一讲案情的来龙去脉吧。"

"好，不过我不能保证记得住所有细节。精神高度集中总会把往事从脑海中抹去，这可真是奇妙。一个出庭律师对自己手头的案子了如指掌，还能就案子涉及的问题同这方面的专家展开争辩，可是会发现，经过一两周庭审，案子了结之后，就又忘得精光了。就像这样，我每接手一桩新案子，便会把上一桩案子抛诸脑后，所以卡雷尔小姐的案子让我记不清巴斯克维尔府的案子了。明天兴许又要有别的什么小难题找上门来，把我的注意力吸引过去，就又会把那位漂亮的法国小姐和恶名昭彰的阿普伍德从我的脑海中给撵出去。不过，就这桩猎犬案而言，我会尽我所能贴近真相，尽量准确地把事情的经过讲给你听，我要是有什么地方没想起来，你都可以提醒我。

"我的调查结果无可置疑地证实了，那幅家族肖像没有骗人，这家伙确实是巴斯克维尔家族的后代。他的父亲就是那个罗杰·巴斯克维尔，查尔斯爵士的三弟，此人恶名昭著，后来便逃到了南美洲，传言说他在那里没结婚就死了。而事实上，他结了婚，还生了一个孩子，真名跟他父亲一模一样。他娶了一位名叫贝丽尔·加西亚的哥斯达黎加美女。在盗窃了一大笔公款之后，他改名范德勒，逃回了英格兰，在约克郡东部开办了一所学校。他之所以干起这个特殊的行当，是因为他在返乡的归航途中结识了一名教师，此人患有肺痨，他利用此人的教学本领，把这项事业干出了一番名堂来。没想到这个叫弗雷泽的教师没过多久就死了，一开始办得还不错的学校从此一蹶不振，声誉尽失，渐渐声名狼藉。范德勒为掩人耳目，方便行事，又化名斯特普尔顿，带着剩下的钱，为日后盘算好的种种阴谋，连同对昆虫学的爱好一起，去了英格兰南部。我从大英博物馆了解到，他在这门学科上还被奉为了权威，有一种飞蛾就因为他在约克郡时成了第一个发现并记述它的人，而以范德勒这个名字永久命名。

"现在来讲讲他一生中那段后来我们尤为感兴趣的时光。这家伙显然打听过了，发现自己与一份价值不菲的家产之间，就隔着两条命。我相信，他刚到德文郡的时候，计划还远未成形，但从他让妻子以妹妹的身份跟着他一起生活这一点能明显看出，他一开始就居心不良。他肚子里显然早就打起了把她当成诱饵的主意，尽管他可能对具体该如何策划阴谋还不确定。他的最终目的就是占有这份家产，为达到这一目的，他不惜采取任何手段，不惜冒任何风险。他的第一步行动，就是把家安置在靠近祖宅的地方，尽量靠得越近越好，而第二步则是结交查尔斯·巴斯克维尔爵士和那些邻居。

"准男爵亲口把家族猎犬的传说告诉了他，因此也就替自己的死铺好了路。而斯特普尔顿呢,我就还是这么叫他吧,知道老先生心脏不好,一受惊吓就能要了他的命。这些都是他从莫蒂默医生那儿打听到的。他还听说查尔斯爵士很迷信,很拿那个恐怖的传说当回事。他心思巧妙,马上就想出了一个办法,既能置准男爵于死地,又让人难以追究到真凶头上。

"有了这个主意之后,他又以相当高明的巧计着手付诸行动。换作是一般的搞阴谋诡计之人,光是弄一条凶猛的猎犬也就觉得足够了。用人为的手段把那牲畜装扮得像恶魔一般,算是他灵机一动想出来的一记妙招。那条狗是他在伦敦的富勒姆街上从贩狗商'罗斯与曼格尔斯'那儿买来的,是他们店里的货色中最强壮、最凶恶的。他乘北德文线火车把狗带回乡下,走了很长一段路穿过沼地,以免牵它回家的时候引人注意。他在捕猎昆虫的时候,已经摸清了如何进入戈庚穆盆大泥潭深处,就这样给那头畜生找了个稳妥的藏身之所。他把狗就关在那个地方,等待下手的机会。

"可机会迟迟不来。晚上怎么也没法把老先生骗到庭院外面去。有好几次,斯特普尔顿带着猎犬潜伏在附近,但均未得手。也正是在这几次徒劳无功的搜寻猎物行动中,他——应该说是他的那条走狗——被几个农户看见了,于是古老的魔犬传说重新得到了证实。他原想着让他的妻子引诱查尔斯爵士走向毁灭,可结果在这件事情上,却发现她竟出乎意料地不受他左右。她不肯想办法让老先生对她产生爱慕之情,让他陷入感情瓜葛,进而把他往想要害他的人手里送。威胁恐吓，甚至——说起来我都难受——拳脚相加，都没能逼得她就范。她决意不愿牵扯到这件事里去，斯特普尔顿一时也无计可施。

"就在他一筹莫展的时候，偶然间，已经把他当成朋友的查尔斯爵士委托他替自己出面接济一个女人，就是劳拉·莱昂斯太太。他以这个契机为突破口，找到了摆脱困境的出路。他谎称自己是单身，借此博取她的好感，使她对自己言听计从。他还让她相信，倘若她跟她丈夫把婚离了，他就会娶她。这时遇到了一个突发状况，他得知查尔斯爵士听了莫蒂默医生的建议，即将离开府上去伦敦，这下他的计划被推到了非作决断不可的关头。他表面上装得跟医生的看法不谋而合，心里却想着必须马上行动，否则他要加害的人一旦走远，他就鞭长莫及了。于是他向莱昂斯太太施加压力，让她写了一封信，恳求老人在去伦敦的前一天晚上见她一面。然后他又编了一套似是而非的理由，让她别去赴约，就这样他等待已久的机会终于来了。

"当天晚上，他从库姆特雷西峡谷驱车赶回去，及时把猎犬弄了出来，给它涂上能发出地狱鬼火般亮光的涂料，再把那头猛兽带到栅门那里去，他料定老先生会等在那儿。恶狗受主人唆使，跃过那扇边门，朝不幸的准男爵扑去，他吓得一边尖叫，一边沿紫杉小径奔逃。在那条幽暗的通道里，看到那样一只巨大的黑色怪物口吐火焰，眼冒火光，在身后穷追不舍地蹿过来，这一幕确实能把人吓得够呛。结果他因惊吓过度，心脏病发作，在小径的那头倒地而死。准男爵沿小径逃跑时，猎犬始终在路边的草坪上追，所以除了老人的脚印，看不到别的足迹。那怪物看到他躺在那儿一动不动，可能凑上去嗅了嗅，但发现他死了，便又转身走开了。就是在这个时候，它留下了脚印，也正是被莫蒂默医生在现场发现的脚印。再后来，猎犬被斯特普尔顿喝走，并匆匆带回戈戾穆盆泥潭中藏身的巢穴里去了，就这样留下了一个谜——这个谜难住了警方，惊动了乡民，最后让我们注意到了这桩案子。

"查尔斯·巴斯克维尔爵士之死就讲到这里吧。看得出来，他的手段狡猾得如魔鬼一般，确实让人难以找出对真凶不利的证据。他唯一的帮凶是绝对不会出卖他的，这个花招荒诞不经得叫人难以置信，这一点反倒让效果来得更好。与本案有牵连的两个女人——斯特普尔顿太太和劳拉·莱昂斯太太，都对斯特普尔顿起过很大的疑心。斯特普尔顿太太知道他早就企图谋害那个老人，也知道有这么一条猎犬。莱昂斯太太这两件事都不知道，但死亡事件就发生在她未去赴约的约会期间，而约会的事只有斯特普尔顿知道，她这就觉得不对劲了。不过，这两个女人都受他摆布，他没什么好怕她们俩的。他的前半部分任务已经大功告成，但更难办的还在后头。

"斯特普尔顿可能并不知道在加拿大还有这么一个继承人。不管怎样，反正他很快就会从他的朋友莫蒂默医生那儿得知此事。

莫蒂默医生还把亨利·巴斯克维尔抵达的行程细节都告诉了他。斯特普尔顿一开始盘算着,或许根本不用等这个加拿大来的陌生的年轻人下乡去德文郡,在伦敦就可以把他给干掉。自从他妻子拒绝帮他设圈套引老人上钩之后,他就对她不放心了,不敢让她长时间离开自己的视线,生怕管不到她。正是出于这个原因,他带她一起来了伦敦。我查到,他们投宿在克雷文街上的梅克斯伯勒内部旅馆,其实就是我派的人在搜寻物证时去过的一家旅馆。就在那里,他把妻子关在房间里,自己戴上假胡子,先尾随莫蒂默医生到了贝克街,之后又跟踪他去了火车站,还有诺森伯兰旅馆。他妻子对他的阴谋隐约知道一些,但她太怕她丈夫——由于遭其残暴虐待而怕他——怕得不敢直接写信警告那个她知道身处危险之中的人。万一写的信落入斯特普尔顿手中,恐怕连她自己的性命都难保。最后,正如我们所知,她采取了权宜之计,把字从报纸上剪下来,拼凑出那封简短的信,并伪装笔迹,写上收信人的姓名地址。信送到了准男爵手里,向他发出了第一次危险警告。

"弄到亨利爵士的一样衣物,对斯特普尔顿而言非常有必要,说不定哪天他没办法只得出动猎犬,这样总还有东西可以让猎犬循着气味追踪猎物。他秉持他一贯的雷厉风行、胆大妄为的作风,立刻着手采取行动。可以肯定,旅馆里擦皮鞋的杂役或打扫客房的女工收了不少好处,被他买通,帮他施行计谋。但不巧,第一次替他弄到的那只靴子是新买的,还没穿过,对他没什么用处。于是他让人把鞋还了回去,又去弄来了一只——这件怪事里头很能看出名堂来,有一点在我心里得到了确证,我们要对付的是一条实实在在的猎犬,否则就解释不通,为什么这么想要弄到一只穿过的旧靴子,又对一只没穿过的新靴子这么不感兴趣。一件事越是古怪反常、越是荒诞不经,就越值得仔细推敲;那些看似使案子复杂化的疑点,只要充分加以考虑,严谨予以处理,恰恰是最容易使案子明朗化的突破点。

"接着便是第二天上午,我们的两位朋友来访,而斯特普尔顿自始至终都躲在出租马车里盯梢。从斯特普尔顿整体的行事风格来看,加之他熟悉我们的住所,认得我的模样,我觉得他犯过的罪绝不止于巴斯克维尔案这一桩。过去三年间,英格兰西南部发生过四起重大入室盗窃案,但没有一起捉到过罪犯,不禁让人联想到他身上。其中最后那起案子,五月份发生在福克斯通宅邸,单独作案的蒙面窃贼被小听差撞见,将其残忍枪杀,此案因此尤为引人注目。我可以肯定,斯特普尔顿就是以这种方式让他渐渐瘪下去的腰包重新鼓起来的,这些年来他一直就是个危险的亡命之徒。

"他轻而易举把我们甩掉的那天上午,我们就领教过了他敏捷的应变能力;他借马车夫之口敢用我本人的名字来回敬我的时候,我们还见识到了他是何等大胆狂妄。从那时起,他就知道我在伦敦接办了这个案子,知道在伦敦没有下手的机会了。于是他便回到达特穆尔,等候准男爵到来。"

"等一下!"我说,"你确实是把事情的来龙去脉准确地讲了出来,但有一点你没有解释。主人在伦敦的时候,那条猎犬怎么办?"

"这一点我也注意到了,的确很重要。毫无疑问,斯特普尔顿有一个亲信,尽管他未必把他的全盘计划告诉过这人,以免日后给其留下把柄。美悦皮地府宅中有一个老男仆。名叫安东尼。他和斯特普尔顿家的关系可以追溯到多年以前,早在斯特普尔顿办学校那时候就跟着他们了,所以他肯定知道男主人和女主人实际上是夫妻关系。此人已从乡间逃走,下落不明。'安东尼'这个名字在英国不常见,而在所有讲西班牙语的国家,或通用西班牙语的拉丁美洲国家,'安东尼奥'这个名字倒很常见,这就引人联想了。此人恰恰跟斯特普尔顿太太一样,英语讲得不错,但带着奇怪的咬舌口音。我亲眼见过这个老头沿着斯特普尔顿标出的那条小路穿过戈庚穆盆泥潭。因此,他主人不在的时候,那猎犬很可能是由他来照看的,虽然他可能从来都不知道那条狗是派什么用的。

"随后,斯特普尔顿夫妇就回到了德文郡,没多久你和亨利爵士紧随其后也到了那里。这里提一下我个人在当时是怎么个看法。你们或许还能回想起来,我在细看那张贴着印刷文字的信纸时,仔细检查了水印。我把信纸凑到离眼睛几英寸远的地方,闻到一股淡淡的香味,是一种叫白茉莉的香水的味道。香水的种类多达七十五种,作为刑侦专家,必须能分辨出每一种香水。就拿我自己的办案经历来说，靠迅速辨识出香水味破的案可不止一桩了。信纸上的香水味表明，这里头牵涉到一位女士，当时我就开始想到斯特普尔顿家这一男一女的身上去了。就这样，我们还没去西南部乡村的时候，我就已经确定有这么一条活生生的猎犬，并猜到罪犯是谁了。

"暗中监视斯特普尔顿是我的计策。而我要是和你待在一起的话，他准会倍加小心地提防着，这一计显然就施不成了。因此，我骗过了所有人，连你也在内，在大家都以为我在伦敦的时候，偷偷地到乡下去了。我吃的苦没有你想象的那么多，不过我也绝对不会让这么点小事来妨碍案件的调查。我大部分时间都待在库姆特雷西峡谷，只在有必要靠近行动现场的时候，才会用上沼地上的石屋。卡特赖特跟我一起去了乡下，他装扮成乡下孩子，帮了我很大的忙。多亏了他，我才有东西吃，有干净的衬衣穿。在我监视斯特普尔顿的当儿，卡特赖特时时在替我盯着你们，才令我不致顾此失彼。

"我先前跟你说过，你的报告一到贝克街便立即转寄到库姆特雷西峡谷，很快就送到我手上了。这些报告对我大有用处，特别是那段不经意间提到的斯特普尔顿的真实经历。我这才能够查明那一男一女的真实身份，也终于清楚所面临的形势究竟是怎么样的。由于越狱犯的事件，还有他与巴里莫尔夫妇的关系，这件案子曾一度变得相当复杂。而这个谜团你也用很有效的办法解开了，虽说我早已通过自己的观察得出了相同的结论。

"你在沼地上发现我的时候，我已经完全了解了事情的全貌，但我手里还没有充分的证据可以拿到陪审团面前。就连那天晚上，斯特普尔顿企图谋杀亨利爵士，结果却害死了那倒霉的越狱犯，都对我们证明此人犯了谋杀罪没多大帮助。看来除了抓他个现行，别无他法，而要想这样做，我们只好利用亨利爵士来当诱饵，还得让他孤身一人，表面上看起来没人保护。我们按计行事，并以我们委托人受到严重惊吓为代价，成功取得了确凿的罪证，逼得斯特普尔顿自寻了死路。我必须承认，竟然让亨利爵士身陷那样的险境之中，怪我这案子办得有欠周全。可话说回来，我们根本没法预见，那恶犬会展现出那样一副足以把人吓瘫的模样来，也无从预知，当天晚上会起那么大的雾，以至于那恶犬从浓雾中突然蹿到我们面前，把我们弄得措手不及。我们成功地达到了目的，也相应地付出了代价，不过专科医生和莫蒂默医生都向我保证，这一代价的影响只是暂时的。出远门去长途旅行一趟，不仅能让我们这位朋友崩溃了的神经得以复元，而且还能让他感情上的创伤得以愈合。他是真心深爱那个女人的，在这样悲惨的一场事件当中，最让他伤心的就是自己居然被她骗了。

"现在就剩下一件事需要说明一下，就是她在整个事件中所扮演的角色。毫无疑问，斯特普尔顿在她面前是有分量的，她之所以受他的左右，可能是出于爱，也可能是出于怕，更有可能是又爱又怕，这两种感情可绝不是互不相容的。无论如何，反正他的这种分量确确实实是起作用的。她顺从他的指示，答应冒充他的妹妹，虽然当他力图让她当帮凶，直接参与谋杀时，他发现自己对她的操纵力仍是有限的。只要不牵连她的丈夫，她一有机会就会尽其所能警告亨利爵士，而且她也一次又一次地设法这样做了。看来就算是斯特普尔顿自己都很容易吃醋，当他看到准男爵向女士求爱，虽明知这是自己计划的一部分，却还是忍不住暴跳如雷，横加阻挠，这样一来，他用不露声色的模样掩饰得如此巧妙的火爆本性也就原形毕露了。他借着笼络感情，来确保亨利爵士经常去美悦皮地府宅，确保自己迟早会逮到想要的机会。然而，到了关键的那一天，他妻子突然跟他反目。她对越狱犯的死已略有所知，也知道亨利爵士来赴晚宴的那天傍晚，那条猎犬就关在外屋里。她指责丈夫预谋实施犯罪，于是就激烈地吵了起来，争吵中他第一次跟她摊牌，说除了她，他还另有所爱。她对他的忠贞瞬间变成了刻骨的恨，他也看出来她会背叛他。因此，他把她绑起来，这样她就提醒不了亨利爵士了。想必他还指望着，等乡里的人都将准男爵的死归咎于他家族的祸祟——他们也肯定会这么做——到时候，他就能让妻子回心转意，让她接受既成的事实，对知道的事绝口不提。在这一点上，我想无论如何他都打错了算盘，就算我们没去那里，他也依然劫数难逃。一个有着西班牙血统的女人受了这样的伤害，是不会善罢甘休的。好了，我亲爱的华生，不参考笔记，这桩奇案我没法给你讲得再细了。我看没什么重要的地方还没解释明白了。"

"他总不能指望用他那条鬼怪似的猎犬，像对付亨利爵士的老伯父那样，把亨利爵士也吓死吧。"

"那恶犬非常凶猛，又没喂饱。被它追赶的猎物就算没被它的凶相给吓死，起码也能吓得动弹不得，丧失抵抗能力。"

"这倒也是。那就只剩下一个问题了。假如斯特普尔顿得到继承权，那他身为后嗣，却一直隐姓埋名住在离家产这么近的地方，对此他该怎么解释呢？他怎么主张继承权，又不会引人怀疑，招人查问呢？"

"这个问题很棘手，你指望我来解答，恐怕要求太高了。过去与现在发生的事都在我探究的范围内，但一个人将来会做什么，这是个难以回答的问题。这个问题斯特普尔顿太太听她丈夫谈论过几次。有三条路可走：他可以在南美洲提出继承家产的要求，在当地的英国驻外机构面前证实自己的身份，这样连英国都不用回，就能把财产弄到手；或者，如果他有必要在伦敦待一小段时间，他可以在此期间精心伪装起来；再或者，他可以找个同谋，为他提供证明和文件，指派他冒充继承人，并对其所得按一定比例保留所有权。凭我们对他的了解，他自会找到办法来解决这个问题的。好了，我亲爱的华生，我们已经辛劳苦干了几个礼拜了，我看啊，哪怕就腾出一个晚上，不妨调剂一下，让脑筋松

"劳驾你再过半小时就准备好"

快松快。我订了个包厢听歌剧《胡格诺派教徒》①。你听过德雷什凯兄弟②演的歌剧吗?那劳驾你再过半小时就准备好,路上还可以先到马奇尼餐厅去吃个饭。"

---

① 由定居巴黎的德国作曲家贾科莫·梅耶贝尔(1791—1864)创作的法语歌剧,取材于1572年法国新教教派胡格诺派遭天主教徒屠杀的宗教事件,讲述了胡格诺派贵族拉乌尔与天主教贵族瓦伦婷的爱情故事,是法国式大歌剧的典范之作。
② 指出身于波兰音乐世家的男高音歌唱家让·德雷什凯(1850—1925)和男低音歌唱家爱德华·德雷什凯(1853—1917),两人多次合作演出歌剧《胡格诺派教徒》。